GLÜHWEINGIFT

DAS BUCH

Es ist Advent geworden in Schweinfurt. Auf dem Weihnachtsmarkt bricht eine Frau tot zusammen. Rasch verbreitet sich das Gerücht, sie sei an vergiftetem Glühwein gestorben. Nicht ganz unschuldig daran Sören Eckenstade, der übereifrige Volontär von Main-Radio Schweinfurt. Währenddessen wird Christian „Blacky“ Schwarz, Moderator und Hobbydetektiv, mit der Vergangenheit konfrontiert: Manu, die große Liebe seiner Jugendzeit, platzt unversehens in sein Leben. Angeblich ist ihr Ehemann spurlos verschwunden, eventuell sogar entführt worden. Sie zieht Blacky immer mehr in ihren Bann und führt ihn schwer in Versuchung. Doch was will sie wirklich von ihm? Martha Grimm, die Großmutter von Kriminaloberkommissarin Kerstin Weiß trauert derweil um ihren verstorbenen Zimmernachbarn in der Seniorenresidenz ‚Goldener Herbst‘. Die pensionierte Kriminalbeamtin ist davon überzeugt, dass es sich bei seinem Tod um einen unentdeckten Mord handelt, und bringt damit wieder einmal die Mordkommission zur Verzweiflung. Und dann ist da noch die merkwürdige Geschichte eines Amtsrichters, der an einem einzigen Tag jeden Boden unter den Füßen verliert und Recht und Gesetz bricht.

DER AUTOR

Lothar Reichel hat mit „Glühweingift“ den achten Schweinfurt-Krimi geschrieben. Der Hörfunkjournalist begann seine berufliche Laufbahn am Schweinfurter Gericht. Nach wie vor interessieren ihn Geschichten aus der Welt der Justiz, weil dort das ganze Panoptikum menschlicher Abgründe sichtbar wird.

Lothar Reichel

GLÜH WEIN GIFT

Blacky und die Vergangenheit

Buchverlag Lothar Reichel

In Erinnerung an
meinen Verleger Peter Hellmund

Wem der große Wurf gelungen,
eines Freundes Freund zu sein …

Friedrich Schiller — Ode an die Freude

1

Erst fand sie es merkwürdig. Dann machte sie sich Sorgen. Schließlich bekam sie Angst. Kurz vor Mitternacht rief sie die Polizei an.

Der Beamte, zu dem sie durchgestellt wurde, wimmelte sie routiniert ab.

„Wenn er erst seit vier Stunden weg ist", sagte er, „besteht noch kein Grund für irgendwelche Maßnahmen."

„Aber das ist noch nie vorgekommen", rief sie. Sie merkte, dass ihre Stimme hysterisch klang.

„Regen Sie sich nicht auf. In den allermeisten Fällen gibt es eine völlig normale Erklärung. Vielleicht braucht er nur für ein paar Stunden mal seine Ruhe."

„Das ist doch Blödsinn! Was wissen Sie denn? Mein Mann verschwindet nicht einfach so. Es muss etwas passiert sein."

„Das sagen alle."

„Was soll das heißen?"

„Es soll heißen", antwortete der Polizeibeamte in aller Seelenruhe, „dass es fast immer nach dem gleichen Muster abläuft. Eine erwachsene Person wird angeblich vermisst, ihre Angehörigen können sich keinen Reim drauf machen und vermuten das Schlimmste. In der Regel taucht die Person innerhalb einer kurzen Frist wieder auf, es gibt eine banale Erklärung, und alles ist wieder gut."

„Wir haben eine vierjährige Tochter. Verstehen Sie?“

„Schon. Aber das heißt nichts. Im Gegenteil. Vielleicht hatte er gerade deswegen einen Tapetenwechsel nötig. Kommt öfter vor, glauben Sie mir. Auch in den besten Familien.“

„Sie haben eine Art, es auf die leichte Schulter zu nehmen, die mich aufregt.“ Sie war kurz davor, loszuheulen.

„Ich kann gar nicht anders. Bei erwachsenen Personen, die nicht hilfsbedürftig sind, nehmen wir nach vier Stunden noch keine Vermisstenanzeige auf. Rufen Sie morgen wieder an, wenn er bis dahin nicht zurückgekommen ist oder sich gemeldet hat. Alles klar?“

„Nein“, sagte Manuela Köhler. „Gar nichts ist klar. Ich weiß nur, dass ihm etwas zugestoßen sein muss. Denn er lässt uns nicht allein. Das würde er nie tun.“

2

Feels like heaven klang sacht aus, Blacky zog den Mikrofonregler hoch, legte seinen Softton in die Stimme und sagte:

„Immer wieder schön. Es ist zwanzig vor sieben, zurück vom Himmel auf die Erde, zurück nach Schweinfurt. Draußen nieselt es, die Temperatur soll heute fast frühlingshafte Werte erreichen, vorweihnachtliche Stimmung lässt also weiter auf sich warten. Ob das Auswirkungen auf den Glühweinausschank auf dem Weihnachtsmarkt hat – das wollte Sören Eckenstade wissen. Er war gestern für uns unterwegs, seinen Bericht hören Sie um kurz nach sieben."

Natalia Avelon und *Summer Wine* hinterher, ob die Ironie nun jemand verstand oder nicht, Mikroregler runter, weiter Trübsal blasen. Draußen geriet gerade die Welt irgendwie aus den Fugen, eine Krise jagte die andere, aber hier im Sendestudio von Main-Radio Schweinfurt war das Thema des Tages der Glühweinkonsum auf dem Weihnachtsmarkt. Es war natürlich Olaf Röders Idee gewesen; seit der Redaktionsleiter aus der Rehaklinik zurück war und wieder laufen konnte, sprudelte er nur so über vor blöden Ideen. Die Welt draußen interessierte ihn nicht, sein Credo war: „Schweinfurt ist der Mittelpunkt des Universums, nur was hier geschieht, ist für unsere Hörer relevant."

Der Provinzblues jaulte in Blacky mittlerweile fast ununterbrochen. Er begleitete ihn, wenn er an grauen Nachmittagen durch die Innenstadt streifte, wo ihn die blinden Schaufenster leerer Geschäftsräume anödeten. Er kläffte, wenn er über den Marktplatz ging, wo sich seit einer Woche der Geruch von gebrannten Mandeln mit dem Gedudel von Weihnachtsliedern mischte. Er heulte auf, wenn er bei einbrechender Dunkelheit am Panoramafenster seines Penthouses im Zürch stand und auf die Lichter einer Stadt schaute, in der er sich gefangen fühlte. Blacky versuchte dann, den Blues mit den Saiten seiner Gitarre zu besänftigen, was ihm nach einer Weile und zwei Gläsern Rotwein meist auch gelang. Der aufkeimende Seelenfrieden nach einem langen Tag führte aber rasch zur Schläfrigkeit und schließlich zum tiefen, traumlosen Schlaf. Wenn um halb vier Uhr morgens der Wecker klingelte, jaulte der Provinzblues schon wieder kräftig mit. Es hatte Zeiten gegeben, da fühlte er sich als *Morning Man* wie der König des Radios, doch diese Krone hatte allmählich Rost angesetzt. Inzwischen glaubte er eher Lakai als Herrscher zu sein, Lakai in einem kleinen Sender in einer kleinen Stadt am Rande der großen Welt.

Sören Eckenstade, der Volontär von Main-Radio, der noch wenig von Identitätskrisen wusste, kam ins Studio.

„Da ist eine Hörerin am Telefon. Sie will dich unbedingt sprechen."

„Nicht während der Sendung."

„Hab ich ihr auch gesagt. Sie lässt nicht locker. Du würdest sie kennen, behauptet sie. Manuela Mulzer …"

„Oh", sagte Blacky überrascht. „Tatsächlich?"

Er sah auf die Uhr über der Studiotür. Noch zwölf Minuten bis zu den Nachrichten.

„Na gut", meinte er. „Stell sie durch."

⋆

Seitdem er Richter geworden war, ging er jeden Morgen joggen. Dabei forderte er sich unerbittlich. Zehn Kilometer in scharfem Tempo waren das mindeste, das Wetter spielte keine Rolle. Wer seinen Körper stählt, stählt auch seinen Geist. Spartanische Zucht. Er war der Überzeugung, das Amt, das er nun bekleidete, verlange eine solche Einstellung. Law and order. Wer diesem Prinzip dienen wollte, durfte kein Weichling sein. Kein Weichei. Und auch kein Feigling. Wer Recht sprach über arme Sünder, Luschen, Ganoven, kleine und große Kriminelle und ganz gewöhnliche Menschen, der musste das Recht auch verkörpern. Im wahrsten Sinne des Wortes. Zwar war es Zweck der schwarzen Richterrobe, das Individuum hinter dem Amt zu verbergen, aber das hieß ja nicht, dass ein Richter keine Persönlichkeit zeigen durfte. Im Gegenteil. Das Gesetz war abstrakt, bestand nur aus Buchstaben. Der Richter gab ihm Leben, Kraft, Kontur, Schärfe und Wucht. Die Persönlichkeit des Richters verlieh dem Gesetz Gesicht, Stimme, Geltung und Macht.

Er verachtete die Kollegen, die mit säuselnder, vor Mitleid triefender Stimme und bekümmertem Gesicht Recht sprachen. So schwächte man nur die eherne Würde des Gesetzes. Er fand es unerträglich, dass es an seinem Amtsgericht einen Strafrichter wie Gabriel Engel gab, der offensichtlich seinen Namen zum Programm erhoben hatte. Dessen Verhandlungen eine einzige Farce des Verständnisses, des Mitgefühls und der Barmherzigkeit waren. Verfahrenseinstellungen, niedrige Geld- und absurde Bewährungsstrafen waren Gabriel Engels Markenzeichen. Wenn Martin Krass ihn am frühen Morgen zum Sitzungssaal watscheln sah, klein, dickbäuchig, mit seligem Lächeln auf dem Gesicht, überkam ihn jedesmal ein grimmiger Ärger. Das war für ihn keine Richterpersönlichkeit, sondern die Karikatur eines Richters. Seine Stimme war hoch wie die eines Eunuchen, seine ganze Erscheinung würdelos, seine Urteile erbärmlich weichgespült. Und das Schlimmste: Alle mochten Gabriel Engel. Die Angestellten, die Justizwachtmeister, die Richter und Staatsanwälte, die Rechtsanwälte und sogar die Angeklagten. „Unser Engel" war zu einem geflügelten Wort überall im Schweinfurter Justizgebäude geworden. Martin Krass fand das schlichtweg skandalös.

Natürlich war ihm bewusst, dass auch sein Name genüsslich durch den Kakao gezogen wurde. Schon als er noch Staatsanwalt gewesen war, hatten Richter und Anwälte hinter vorgehaltener Hand gelästert: „Ganz schön krass, der Krass." Seine Anträge hinsichtlich des Strafmaßes waren stets scharf wie ein Rasiermesser, und wenn ihm ein Urteil zu lax ausfiel, war er mit einer Berufung schnell bei der Hand. Dennoch war er mit dem Dasein als Staatsanwalt nicht zufrieden, er hatte Jura mit dem einzigen Ziel studiert, Richter zu werden. Vor einem guten Jahr war sein Wunsch dann in Erfüllung gegangen, er war zum Amtsrichter ernannt worden, zuständig für den ganzen Kleinkram der Strafgerichtsbarkeit. So konnte er nun endlich mit aller Vehemenz die Härte des Gesetzes verkörpern, und rasch hieß es wieder: „Ganz schön krass, der Krass."

Als Martin Krass an diesem frühlingshaften Wintermorgen durch den Nieselregen der Schweinfurter Wehranlagen joggte und sich gedanklich auf die Verhandlungen des Vormittags vorbereitete, ahnte er nicht, dass er bis zum Abend das Recht brechen und jeden Boden unter den Füßen verlieren würde.

*

„Grüß dich, Blacky."

Er erkannte ihre Stimme sofort wieder. Es war immer noch dieser frische, direkte Klang mit dem norddeutschen Ton, der in Franken gleich auffiel. Wie lange war das jetzt her? Mehr als zwanzig Jahre. Bilder tauchten vor ihm auf. Bilder, die er lange nicht mehr heraufbeschworen hatte.

„Manu", sagte er. „Das ist jetzt aber echt eine Überraschung."

„Schön, dass du dich noch an mich erinnerst."

„Ja klar." Mehr fiel ihm dazu nicht ein. Verlegenheitspause.

„Ich weiß, ich störe dich in deiner Sendung", fuhr sie schließlich fort. „Aber ich brauche dringend Hilfe."

„Schieß los. Wir haben ein paar Minuten Zeit."

„Also …" Sie zögerte einen Moment. „Ich hab mich bei deinem Kollegen unter dem Namen gemeldet, den du kennst. Inzwischen heiße ich Köhler. Ich bin verheiratet."

Er überlegte, ob ihn diese Information irgendwie berühren sollte. Eigentlich nicht, trotzdem verspürte er einen leisen Stich in einem Winkel seines Innern, den er nicht weiter verorten konnte.

„Okay. Was ist passiert?"

„Mein Mann ist verschwunden. Ganz plötzlich. Gestern abend. Kannst du nicht im Radio so 'ne Art Suchmeldung durchgeben? Am besten jetzt gleich?"

„Verschwunden? Was soll das heißen? Wo und wie verschwunden?"

„Ich weiß es nicht. Er ist einfach nicht nach Hause gekommen. Er meldet sich nicht. Ich kann ihn nicht erreichen. Niemand weiß, wo er ist."

„Warst du schon bei der Polizei?"

„Ich hab angerufen. Gestern abend. Heute morgen. Sie wimmeln mich ab. Ich soll noch abwarten. Sie haben was von irgendwelchen Dringlichkeitsstufen erzählt.“

„Hast du denn keine Kontakte mehr? Ich meine, von früher her …“

Sie stieß ein ungeduldiges, kurzes Lachen aus. Blacky erinnerte sich, dass es ihm damals manchmal auf die Nerven gegangen war.

„Nein, leider nicht. Mein Vater ist schon lange tot. Und ich bin erst vor einem Jahr wieder in die Gegend gezogen. Ich bin in Schweinfurt noch nicht mal geblitzt worden. Also, kannst du mir helfen?“

„Ich fürchte, nein“, sagte Blacky behutsam. „Vermisstenmeldungen dürfen wir nur auf Ersuchen der Polizei durchgeben.“

„Und du kannst bei mir auch keine Ausnahme machen?“ Sie schlug nun diesen Schmeichelton an, den er von allen Frauen kannte, mit denen er näher zu tun gehabt hatte.

„Tut mir leid. Ich würde einen Riesenärger bekommen.“

„Na gut.“ Jetzt schmollte sie, aber er wusste, es war ein kontrolliertes Schmollen.

„Wenn ich dir sonst irgendwie helfen kann …“, sagte er und sah auf die Studiouhr. „Ich habe noch eine Minute bis zu den Nachrichten …“

„Wir könnten uns treffen“, sagte sie hastig. „Am besten noch heute.“

„Ich weiß nicht, ob das eine gute Idee ist. Nach so langer Zeit …“

„Was hat das damit zu tun? Du hast mir gerade deine Hilfe versprochen.“

Sie hatte sich nicht verändert. Sie war immer noch schlagfertig, fordernd und direkt.

„Okay“, gab er nach. „Ab elf Uhr habe ich Zeit. Kennst du *Viva Porcellino?*“

„Klar. Da gibt es Schweinfurts besten Kaffee. Perfekt. Ich werde da sein. Ciao.“

Ehe er noch etwas sagen konnte, hatte sie aufgelegt. Er sah wieder auf die Uhr und zog den Regler für die Nachrichten hoch. Verwirrt lehnte er sich zurück. Er konnte es gar nicht leiden, wenn die Vergangenheit unversehens an die Tür klopfte.

3

Martha Grimm stand unter der Tür ihres Appartements und sah zu, wie zwei Männer des Bestattungsinstituts *Medich* die Leiche ihres Nachbarn den Gang entlangtrugen. Heinrich Sendner lag auf einer Bahre, in eine schwarze Decke gehüllt. Sein mächtiger Bauch wölbte sich darunter auch jetzt noch wie ein großer Wasserball. Dahinter schritt bedächtig mit gesenktem Haupt Diakon Wallmann, der Hausgeistliche der Seniorenresidenz. Er schien in Andacht und Ehrfurcht versunken.

In ihrem früheren Berufsleben als Ermittlerin bei der Frankfurter Mordkommission hatte Martha Grimm so viele Leichen gesehen, gerochen und berührt, dass ihr Andacht und Ehrfurcht vor dem Tod weitgehend abhandengekommen waren. Sie neigte trotzdem leicht den Kopf, als der kleine Kondukt an ihr vorüberzog.

„Gute Reise", flüsterte sie. „Wohin auch immer."

Der Tod schaute recht regelmäßig in der Seniorenresidenz *Goldener Herbst* vorbei. Oft war es abzusehen, dass er kommen würde, manchmal war er launisch und tauchte unvermittelt und unerwartet auf. Dass er in dieser Nacht den lebenslustigen, wohlgenährten, putzmunteren Heinrich Sendner geholt hatte, schien Martha Grimm eine seiner besonders übermütigen Kapriolen gewesen zu sein. Nichts hatte darauf hingedeutet, dass dessen Lebensuhr in wenigen

Stunden ablaufen würde, als sie am Abend vorher fröhlich und ein bisschen beschwipst in einer kleinen Gruppe vom Weihnachtsmarkt zurückgekehrt waren.

„Gute Nacht, allerliebste Martha", hatte er noch gescherzt, als sie sich vor der Tür ihres Appartements voneinander verabschiedet hatten. „Der Glühwein hat Ihre Wangen etwas zum Glühen gebracht – wenn ich das so keck sagen darf. Schlafen Sie gut und träumen Sie etwas Schönes."

Er war ein Kavalier der alten Schule gewesen und manchmal noch der Lausbub aus längst vergangenen Tagen. Sie hatte ihn gern gemocht und viel Zeit mit ihm verbracht. Als ehemaliger Justizoberamtsrat liebte er es, mit ihr über kleine und große Verbrechen zu fachsimpeln; jeden Morgen durchforschte er die Tageszeitung nach Berichten über Strafprozesse und war der eigentümlichen Meinung, dass Justitia zu unbarmherzig geworden sei. „Die Richter von heute hauen drauf, als wären sie Rachegötter", schimpfte er ständig. „Schon wegen Bagatellen schicken sie arme Wichte gleich in den Knast. Und bei den Flüchtlingen kennen sie überhaupt keine Gnade."

Martha Grimm widersprach ihm gern, weil sie meist anderer Meinung war. Er zog sie dann damit auf, dass er ihren Lieblingsspruch grinsend gegen sie wandte: „Ja, ja, liebe Martha, einmal Polizistin, immer Polizistin, nicht wahr?"

Sie ließ einen kurzen Anflug von Wehmut zu, dann murmelte sie „C'est la vie" und kehrte zu der Aufgabe zurück, die sie sich für diesen Vormittag vorgenommen hatte: ihren Reisekoffer zu packen. In wenigen Tagen würde sie dem grauenieseligen Schweinfurt den Rücken kehren und nach Gran Canaria fliegen. Sie freute sich wie ein kleines Kind darauf. Ihre Tochter Ingrid allerdings hatte gestern am Telefon die

Vorfreude auf den Weihnachtsbesuch erneut sehr gedämpft zum Ausdruck gebracht.

„Und du willst wirklich bis Ostern bleiben, Mutti?"

„Klar, hab ich doch gesagt. Ich halte es hier in Schweinfurt nicht mehr aus. Ich brauche Sonne, Meer und Sangria."

„Aber Kerstin … Sie wird sich sehr alleine fühlen, wenn du so lange weg bist."

„Papperlapapp. Kerstin ist bei der Mordkommission, sie steckt bis über beide Ohren in Arbeit. Außerdem hat sie Blacky. Wenigstens manchmal. Und sie will ja über Fasching dann auch ein paar Tage rüberfliegen. Da machen wir Party im Dreimäderlhaus."

„Eugen braucht sehr viel Ruhe", hatte Ingrid Weiß gesagt.

Eugen war der Lebensabschnittsgefährte ihrer Tochter. Er hatte schon immer viel Ruhe gebraucht und darauf bestanden, seinen Ruhestand auf Gran Canaria zu verbringen.

„Ich habe nichts dagegen, wenn er sich ab und zu zurückziehen will. Wir haben uns schon genug zu erzählen, wir beide. Und ich freu mich riesig."

„Ja, Mutti", hatte Ingrid Weiß gesagt. „Ich freu mich auch sehr."

Als Martha Grimm vor ihrem Kleiderschrank stand und überlegte, was sie für den ewigen Frühling der Kanarischen Inseln benötigte, geschah das, was sie von früher her gut kannte: In einem Augenblick, in dem sie in Gedanken völlig woanders war, schlüpfte plötzlich ein bisher nicht beachtetes kleines Detail einer Beobachtung oder eines Gesprächs in ihre Gedanken hinein. Jetzt war es ein einziger Satz, der ihr von einer Sekunde auf die andere heftig Kopfzerbrechen bereitete.

*

Die erste Sache an diesem Vormittag war einfach und glasklar. Auf der Anklagebank vor ihm saß eine junge Rumänin mit schwarzen Augen und langen Haaren. Links neben ihr der stoppelbärtige Dolmetscher mit melancholischen Augen, auf der anderen Seite Rechtsanwalt Okan Demir als Pflichtverteidiger. Er hatte wie immer müde Augen. Eigentlich war bei dem zur Verhandlung stehenden Delikt – ein simpler Ladendiebstahl – eine Pflichtverteidigung nicht zwingend erforderlich, aber angesichts der Umstände hatte Martin Krass von Amts wegen für die Angeklagte einen Verteidiger bestellt. Sie hatte bereits mehrere Vorstrafen aufzuweisen, eine Verurteilung zu einer Freiheitsstrafe ohne Bewährung war diesmal zu erwarten; außerdem schien es nach dem Studium der Akte fraglich, ob sie sich selbst würde verteidigen können. Martin Krass war zwar gewillt, kurzen Prozess zu machen, aber es gehörte zu seinen Prinzipien, die Vorschriften der Strafprozessordnung so penibel wie möglich einzuhalten. Die Härte des Gesetzes erwies sich umso wirkungsvoller, je korrekter es angewendet wurde.
Die Staatsanwältin war jung und unerfahren, sie verhaspelte sich immer wieder bei der Verlesung der Anklageschrift und bekam rote Flecken im Halsbereich bis zum Dekolleté. Martin Krass fand das apart. Rechtsanwalt Demir gönnte sich währenddessen ein Nickerchen. Aber als er die Augen wieder öffnete, wirkte er plötzlich wie ein zum Sprung bereiter Tiger. Es war bekannt, dass Okan Demir unberechenbar war und auch in Bagatellangelegenheiten mächtig auftrumpfen konnte. Immer wieder kam es vor, dass er sich zum Kämpfer für die Schwachen, Kleinen und Benachteiligten erhob. Eine Haltung, die Martin Krass nicht ausstehen konnte.

Und tatsächlich schien er seine Mandantin dazu angestachelt zu haben, sich aufsässig und widerborstig zu geben. Was angesichts des eindeutigen Sachverhalts keinen Sinn machte. Außerdem wusste jeder Anwalt in Schweinfurt, was Amtsrichter Krass erwartete: reumütige, geständige Angeklagte, die sich vor ihm auf den Boden warfen. Die junge Rumänin dachte offensichtlich nicht einmal daran. In einem langen, emphatischen Wortschwall, den der Dolmetscher wahrscheinlich beschönigend übersetzte, bestritt sie vehement den Vorwurf der Anklageschrift.

Martin Krass ließ sie eine Weile gewähren, blätterte dabei in der Akte und sagte schließlich:

„Sie haben elf Vorstrafen wegen Diebstahls. Und ausgerechnet diesmal wollen Sie unschuldig sein?"

„Zweimal hab ich geklaut", sagte die junge Frau nun in passablem Deutsch. „Alles andere ist Scheiße."

„Aha", erwiderte Martin Krass. Dann sah er Okan Demir ungehalten an. „Das scheint mir nicht zielführend zu sein, Herr Rechtsanwalt."

„Nun", sagte Okan Demir knapp, „die Beweisaufnahme wird ergeben, dass meine Mandantin unschuldig ist."

„Sie haben laut Anklage in einem großen Drogeriemarkt in der Schweinfurter Innenstadt ein teures Parfum in Ihre Handtasche gesteckt und wollten damit das Geschäft verlassen", hielt Martin Krass der Rumänin vor. „Dabei wurden Sie von einer Ladendetektivin beobachtet und von ihr im Eingangsbereich gestellt. Sie sind dann davongerannt, wurden von der Detektivin und einer Kollegin verfolgt und von den beiden in der Fußgängerzone aufgehalten. Zufällig war gerade ein Streifenwagen in der Nähe, so dass unmittelbar darauf eine vorläufige Festnahme erfolgen konnte. Wie bitte schön wollen Sie aus der Nummer rauskommen?"

„Wo bitte schön war das Parfum?“, äffte sie ihn nach. Martin Krass spürte, wie der Ärger in ihm hochstieg.

„In Ihrer Handtasche“, sagte er.

„Eben nicht.“

„Und genau das ist der Punkt“, erklärte Okan Demir. „Wir haben es hier mit einem abgekarteten Spiel zu tun. Und ich habe vor, dieses Spiel aufzudecken und zu beenden.“

„Wie bitte? Ich verstehe nicht“, sagte Martin Krass.

„Sie werden es bald verstehen, Herr Vorsitzender. Warten Sie mal die Beweisaufnahme ab.“

Martin Krass beschlich das ungute Gefühl, dass die Sache doch nicht so einfach und klar war, wie er gedacht hatte. Er drückte auf den Knopf der Sprechanlage.

„Die geladenen Zeugen mögen in den Sitzungssaal kommen“, rief er.

★

„Wundere dich nicht, wenn hier gleich die Vergangenheit erscheint“, sagte Blacky, als ihm Joe den Cappuccino brachte.

„Ich wunder mich über gar nix mehr im Leben“, erwiderte der Barista. „Welche Vergangenheit denn?“

„Unsere. Erinnerst du dich noch an die Zeit, als wir jung, wild und dumm waren?“

„Na klar. So, als ob's erst gestern gewesen wär.“

„Wir haben uns erst vor ein paar Wochen über sie unterhalten“, sagte Blacky.* „Und heute ist sie plötzlich aufgetaucht.“

„Wer? Die Zeit?“

„Nein, Manu. Manuela Mulzer. Auch MM genannt.“

„Die schöne Manu? Aber die is' doch scho' länger wieder da.“

* In „Schlachtschüsselblut“ (Schweinfurter Kriminalroman 7)

„Ach, das weißt du bereits? Woher denn?“

„Also, erstens“, sagte Joe und strich sich mit seiner unnachahmlichen Geste über den Bart, „weiß ich alles, was in Schweinfurt vor sich geht. Und zweitens kommt die Manu seit etwa einem Jahr ab und zu vorbei und trinkt ‘nen Kaffee.“

„Aha. Wieso hast du mir nie ein Wort davon erzählt?“

„Hätt’ ich g’sollt? Warum denn? Über verflossene Liebschaften breitet man besser den Mantel des Schweigens, oder net? Das kann sonst leicht peinlich werden.“
„Okay“, sagte Blacky. „Argument.“

„Und was für eins.“ Joe wies mit einer kleinen Kopfbewegung zur Tür. „Da kommt deine Vergangenheit.“

Ihre Stimme hatte Blacky heute morgen am Telefon sofort wiedererkannt, jetzt brauchte er einen zweiten Blick. Dann war er überrascht. Aus dem lasziven Teenager von damals war eine flotte, schöne Frau geworden. Sie hatte noch ihre langen blonden Haare, aber im Gegensatz zu früher waren sie elegant frisiert und geföhnt. Ihr grauer Wollmantel war vorne geöffnet, sie hatte eine beneidenswert schlanke Figur. Wie immer in solchen Situationen zog er sofort den Bauch ein. Erschrocken dachte er an den graugesichtigen müden Mann, den er am frühen Morgen im Spiegel gesehen hatte.

Mit federnden Schritten ging sie auf ihn zu. Es wirkte einschüchternd sportlich. Joe verzog sich hinter seinen Tresen.

„Hallo Blacky.“ Sie lächelte nicht, ihr Gesicht war ernst. Ihm wurde bewusst, dass er ihre Sommersprossen vergessen hatte. Früher hatten sie ihn gestört, jetzt fand er sie hübsch. Er sah, wie sie ihn von Kopf bis Fuß musterte. Diskretes Verhalten war nie ihre Art gewesen.

„Du hast dich ganz schön verändert“, sagte sie unverblümt.

„Du eigentlich gar nicht.“

„O doch.“ Sie lachte kurz, es klang nervös. „Sehr sogar. Aber das spielt jetzt keine Rolle. Danke, dass du gekommen bist. Ich glaube, ich brauche deine Hilfe.“

„Es scheint“, sagte Blacky, „dass du gleich zur Sache kommen willst. Kein Geplauder über früher also.“

„Als ob es da etwas zu plaudern gäbe. Wir waren jung und dumm. Punkt.“

„Wild waren wir auch“, wandte er ein.

„Das hast du schon damals gern etwas falsch gesehen. Aber egal. Ich habe andere Sorgen.“

„Ich weiß. Was kann ich für dich tun?“

„Du bist doch so ’ne Art Detektiv?“

„Ich bin Radiomoderator.“

„Und nebenbei klärst du Verbrechen auf.“

„Quatsch. Ich stolpere manchmal in ein paar Dinge rein. Und dann kommt eines zum andern. Mehr ist es nicht.“

„Immerhin. Also, wie gesagt, mein Mann ist verschwunden. Ich bin völlig ratlos. Vielleicht fällt dir etwas ein.“

„Wie denn? Ich kenne deinen Mann nicht, ich kenne eure Ehe nicht, ich weiß gar nichts. Was soll mir da einfallen?“

„Stimmt.“ Sie sah ihn an, zögerte. „Ich glaube, ich will einfach nur reden.“

„Ausgerechnet mit mir?“

„Warum nicht?“

„Ihr habt doch sicher Freunde, die auch deinen Mann kennen. Wäre es nicht besser …?“

„Nein“, unterbrach sie ihn schroff. „Ich will niemand

reinziehen, bevor ich nicht weiß, was los ist. Du bist neutral, verstehst du?“

„Nicht wirklich. Aber gut, erzähl mir, was ich wissen muss.“

„Es gibt gar nicht so viel zu erzählen. Mein Mann ist gestern abend nicht nach Hause gekommen. Er hat sich nicht gemeldet. Sein Handy ist abgeschaltet. Das hat es noch nie gegeben.“

„Wer ist dein Mann?“

„Wie meinst du das?“

„Na ja, wie heißt er, wie alt ist er, was ist er von Beruf, was macht er sonst so im Leben?“

Sie ließ ein paar Sekunden verstreichen.

„Andreas“, sagte sie schließlich. „Mein Mann heißt Andreas Köhler. Er ist neununddreißig Jahre alt. Wir sind seit fünf Jahren verheiratet. Wir haben eine vierjährige Tochter. Paula.“

„Und was macht er beruflich?“

„Er ist im Sicherheitsbereich tätig.“

„Na, das ist ein weites Feld“, sagte Blacky. „Was heißt das genau?“

„Weiß ich selber nicht so richtig. Er darf nicht darüber sprechen, sagt er. Es geht um die Sicherheit in der Großindustrie.“

„Wo ist er beschäftigt?“

„Bei SKF. Er war lange in Göteborg. Dort haben wir uns auch kennengelernt. Vor gut einem Jahr wurde er nach Schweinfurt versetzt.“

„Und du weißt wirklich nicht, was er den lieben langen Tag so tut?“

„Nein. Es war eine Bedingung, die er mir gleich am

Anfang gestellt hat: Frag nicht, was meine Aufgaben sind, ich darf es dir nicht sagen."

„Ungewöhnlich."

„Eigentlich nicht. Ich kenne es nicht anders. Mein Vater hat als Chef der Schweinfurter Kriminalpolizei auch nie über seinen Beruf gesprochen."

„Dafür warst du früher aber ganz schön auf dem laufenden", meinte Blacky. „Aber wir wollten ja nicht über alte Zeiten plaudern. Hast du ein Bild von deinem Mann?"

„Nein. Es gibt so gut wie keine Bilder von ihm. Er lässt sich nicht fotografieren."

„Okay … Und was für ein Typ von Mensch ist er?"

„Ein ganz normaler. Sehr korrekt. Er war ganz am Anfang auch mal bei der Polizei. Ziemlich ruhig. Ein liebevoller Vater. Ich verstehe das alles nicht."

„Kennst du Kollegen von ihm?"

„Keinen einzigen. Er trennt Beruf und Privatleben völlig."

„Verdient er gut?"

„Ja. Sehr gut sogar."

„Wie sieht euer alltägliches Leben aus?"

„Leider recht eintönig. In Göteborg war es etwas besser. Wir wohnen jetzt in Dittelbrunn. Er geht in die Firma, ich kümmere mich um Paula. Viel mehr ist nicht."

„Aber ihr habt Freunde?"

„Eigentlich nicht. Nachbarn, ein paar oberflächliche Bekannte. Andreas ist, seit wir hier leben, noch verschlossener geworden als früher. Er arbeitet viel. Geht morgens um sechs aus dem Haus und kommt zwischen sieben und acht Uhr abends heim. Nur eben gestern nicht."

„Und was glaubst du?", fragte Blacky.

„Wie … was glaube ich?"

„Wo er steckt? Was geschehen ist?"

„Keine Ahnung."

„Aber du wirst doch irgendeine Vermutung haben."

„Nein", sagte sie. „Es ist mir ein völliges Rätsel."

4

Die Beweisaufnahme führte zum Debakel. Eine der beiden Hauptbelastungszeuginnen, die Ladendetektivin, war nicht erschienen. Martin Krass verhängte ein Ordnungsgeld von einhundertfünfzig Euro wegen unentschuldigten Fernbleibens gegen sie. Die zweite Zeugin, eine Verkäuferin, entpuppte sich als Rohrkrepierer.

„Die Detektivin arbeitet nicht mehr bei uns", erklärte sie. „Aber ich habe auch alles ganz genau gesehen."

Was sich als löchrige Behauptung erwies. Schon bei der richterlichen Befragung stellte sich heraus, dass sie eigentlich nichts gesehen hatte. Sie war nur von der Detektivin zu Hilfe gerufen worden, weil eine verdächtige Person den Drogeriemarkt mit gestohlener Ware verlassen hatte. Draußen in der Spitalstraße hatten die beiden Frauen die junge Rumänin so lange in Schach gehalten, bis die Polizei gekommen war. Das war im wesentlichen alles, was die Zeugin zu sagen hatte.

Die junge Staatsanwältin hatte keine Fragen an sie, aber Rechtsanwalt Okan Demir nahm sie noch einmal in die Zange.

„Sie haben also nicht gesehen, dass meine Mandantin das Parfum in die Handtasche gesteckt hat?", fragte er.

„Nicht direkt. Aber die Detektivin hat es mir gesagt."

„Nun behauptet ja meine Mandantin, dass sie den Flakon aus der Packung genommen habe, um daran zu riechen.

Dann habe sie beides, Flakon und Packung, wieder ins Regal gestellt und das Geschäft verlassen."

„So ein Quatsch", empörte sich die Zeugin. „Das Parfum war ja in ihrer Handtasche."

„Das haben Sie gesehen?"

„Nicht direkt. Aber die Polizei hat es dort gefunden."

„Aha", sagte Okan Demir. „Keine weiteren Fragen."

Der nächste Zeuge, ein Polizeihauptmeister in Uniform, konnte sich an den Vorfall genau erinnern.

„Wir waren auf Streife in der Spitalstraße, als wir von der Einsatzzentrale informiert wurden, dass eine Ladendiebin auf frischer Tat ertappt und gestellt worden sei. Wir haben sie dann ins Büro der Geschäftsführung gebracht und die Anzeige dort aufgenommen. Die Tatverdächtige hat den Diebstahl bestritten."

„Aber Sie haben das Parfum in ihrer Handtasche gefunden?", fragte der Richter.

„Nein. Wir haben die Handtasche durchsucht, da war nichts. Die Dame vom Sicherheitsdienst des Unternehmens erklärte, die Tatverdächtige habe das Parfum während der Verfolgung weggeworfen."

„Wo?", fragte Okan Demir. „Im Laden oder auf der Straße?"

„Das weiß ich nicht."

„Wurde nach dem Parfum gesucht? Nach dem Flakon oder der Packung?"

„Keine Ahnung. Wir sind dann zu einem anderen Einsatz gerufen worden."

„Kommt so etwas öfter vor?", fragte Rechtsanwalt Demir weiter. „Dass bei der Anzeige eines Ladendiebstahls die entwendete Ware nicht gefunden wird?"

„Eigentlich nicht.“

„Und uneigentlich?“ Der Anwalt lächelte ironisch, griff nach einer Klarsichthülle, die vor ihm lag, und hielt sie demonstrativ in die Höhe.

„Das hier“, rief er, „sind vierzehn – ich wiederhole: vierzehn – eidesstattliche Versicherungen, die sich alle auf die gleiche Angelegenheit in einem Zeitraum von einem knappen Jahr beziehen. Vierzehn junge Frauen, zwölf davon mit dem berühmten Migrationshintergrund, schildern, wie sie in dem betreffenden Drogeriemarkt bezichtigt wurden, einen Ladendiebstahl begangen zu haben. Es lief immer nach demselben Muster ab: Sie hatten ein Parfum oder einen hochwertigen Kosmetikartikel angeschaut. Beim Verlassen des Geschäfts wurden sie von der Ladendetektivin aufgehalten und beschuldigt. Es war immer dieselbe Dame. In keinem dieser Fälle konnte das angebliche Diebesgut gefunden werden. Verurteilt wurden trotzdem alle vierzehn. Auch von Ihnen, Herr Vorsitzender.“

Verärgert spürte Martin Krass, wie ihm eine peinliche Röte ins Gesicht schoss. Mit einem kurzen Blick sah er zur Staatsanwältin hinüber. Sie hatte nun auch im Gesicht rote Flecken. Das fand er nicht mehr apart.

„Wie kommen Sie zu diesen eidesstattlichen Versicherungen, Herr Rechtsanwalt?“, fragte er bissig.

„Berufsgeheimnis. Sie sind anscheinend nur die Spitze eines Eisbergs.“

„Was wollen Sie damit sagen?“

„Wie ich es vorhin schon erklärt habe: Es ist ein abgekartetes Spiel. Ausgetragen auf Kosten von Menschen, die sich nicht wehren können. Denen niemand glaubt. Es passiert überall, jeden Tag, ständig. Die Ladendetektive kassieren

Fangprämien, die Polizei schaut nicht so genau hin. Macht sich ja gut bei der Statistik. Angezeigte Delikte und Aufklärungsquote sind in diesen Fällen identisch."

„Ich rate Ihnen, mit solchen Behauptungen vorsichtig zu sein", sagte Martin Krass.

„Sie werden sich noch wundern", entgegnete der Anwalt.

*

Blacky wurde das Gefühl nicht los, dass sie ihm einen Bären aufgebunden hatte. Er wusste bloß nicht, ob es nur ein kleiner Teddybär war: eine harmlose Geschichte, mit der sie ein paar Sprünge in ihrem Leben und in ihrer Ehe verschleiern und schönreden wollte. So hatte es ja vordergründig geklungen: Ich lebe mit einem tollen Mann und einem süßen Kind als ganz glückliche Familie in einem Wolkenkuckucksheim, aber leider ist jetzt mein Mann weg, und ich habe überhaupt keine Ahnung, was geschehen sein könnte. Er hatte ihr das nicht wirklich geglaubt, es klang alles zu idyllisch.

Vielleicht war der Bär ja viel größer. Vielleicht war er ein ausgewachsener Grizzly, und es gab große Probleme, die sie ihm verschweigen wollte. Oder es war sogar ein heimtückischer Eisbär. Vielleicht hatte sie ihn eiskalt angelogen, ihm eine Geschichte erzählt, an der nichts stimmte. Aber warum? Was wollte sie von ihm? Das war bis zuletzt nicht klar geworden.

Sie hatte ernsthaft besorgt gewirkt. Aber dennoch kontrolliert. Keine Spur hysterisch. Er hatte zwischendurch das Gefühl gehabt, sie berichte von etwas, das sie zwar betraf, aber nicht tief berührte. Das war es, was ihn misstrauisch gemacht hatte. Er erinnerte sich, dass sie früher eine gute Schauspielerin gewesen war. Ihren Vater, einen ausgebufften

Kriminalbeamten, hatte sie jahrelang an der Nase herumgeführt. Hatte sie auch an diesem Vormittag, hier bei *Viva Porcellino*, eine einstudierte Rolle gespielt? Blacky hielt es für möglich, war sich aber nicht sicher.

Er hatte mit ihr vereinbart, dass sie am Nachmittag zur Polizei gehen und eine Vermisstenanzeige erstatten würde. Danach sollte sie ihn anrufen, um ihn auf dem laufenden zu halten. Dann war sie gegangen. In dem grauen Mantel sah sie hinreißend aus. Kaum hatte sie die Tür hinter sich geschlossen, stand Joe neben dem Tisch.

„Immer noch ganz schön flott, unsere Manu", sagte er. „Im Gegensatz zu uns beiden."

„Kennst du ihren Mann?", fragte Blacky.

„Nein. Den kennt keiner. Scheint so was wie ein Phantom zu sein."

„Interessant."

„Willst du in Konkurrenz treten?"

„Red nicht so einen Blödsinn."

„Bei dir weiß man ja nie."

„Wann hat dir eigentlich zum letzten Mal jemand eine Kaffeetasse an den Kopf geschmissen?"

„Heute morgen. Meine Freundin. Beim Frühstück."

„Und warum?"

„Privatsache", sagte Joe. „Es war noch im Schlafzimmer."

„War sie voll?"

„Am frühen Morgen?"

„Ich meinte die Tasse."

„Ach so. Quatsch. Leer natürlich. Außerdem war's ja auch nur mehr symbolisch."

Nachdem das geklärt war, griff Blacky zum Handy. Kriminaloberkommissarin Kerstin Weiß meldete sich zu seiner Überraschung sofort.

„Hast du eventuell Zeit für ein Mittagessen?", fragte er.

„Ich bin mit meiner Oma im ‚Happy Wok' verabredet. Huong wollte für sie unbedingt noch mal ihre Lieblingsnudelsuppe kochen. Sie fliegt ja Ende der Woche auf die Kanaren."

„Ach so."

„Komm doch einfach dazu. Die Nudelsuppe reicht sowieso für eine ganze Großfamilie."

„Okay", sagte Blacky ohne viel Begeisterung. Er konnte Nudelsuppe nicht ausstehen. Aber andererseits war bei ihm in der letzten halben Stunde der Gedanke aufgekommen, mal wieder etwas für die schlanke Linie zu tun. Da war ein vietnamesisches Süppchen vielleicht ein erster Schritt in die richtige Richtung.

*

Mit großen Schritten eilte Martin Krass durch den langen Gang des Schweinfurter Justizgebäudes zu seinem Zimmer. Er wollte jetzt nicht aufgehalten oder angesprochen werden. Der Ärger kochte in ihm. Er hasste es, von einem Rechtsanwalt vorgeführt zu werden. Und Okan Demir hatte ihn vorgeführt. Vor der jungen Staatsanwältin und vor dieser rumänischen Schlampe mit ihren schwarzen Augen. Damit hatte sie ihm ganz am Schluss, als er den Sitzungssaal verließ, aufreizend zugeklimpert und dabei ein spöttisches Grinsen im Gesicht gehabt.

Ihr Verteidiger hatte noch einmal mächtig aufgezündet. Mit der Präzision eines Scharfschützen hatte er drei Beweisanträge abgefeuert. Erstens sollte die Ladendetektivin erneut vorgeladen und eingehend befragt werden. Zweitens sollte der Verbleib des angeblich entwendeten Parfums eingehend geklärt werden. Und drittens sollten die Aufnahmen der Überwachungskameras, die Tatzeit betreffend, akribisch von einem Sachverständigen ausgewertet werden, um den Tathergang zu rekonstruieren. Viel Aufwand für einen simplen Ladendiebstahl.

„Wir könnten darauf aber auch verzichten", hatte Rechtsanwalt Demir maliziös hinzugefügt, „wenn ich im Gesicht des Herrn Vorsitzenden lesen sollte, dass er einen Freispruch erwägt und die Frau Staatsanwältin erkennen lässt, dass sie in einem äußerst knappen Plädoyer auf Freispruch plädieren wird."

„Wir könnten das Verfahren jetzt auch einstellen", schlug die Staatsanwältin vor.

„Nö", sagte Okan Demir stur. „Das würde ja bedeuten, dass damit von einer Geringfügigkeit der Schuld bei meiner Mandantin ausgegangen wird. Sie ist aber unschuldig. Basta."

Martin Krass hatte kaum merklich genickt, die Staatsanwältin hatte die Augen verdreht und ebenfalls genickt. Dann war alles sehr schnell gegangen. Kurze Plädoyers und ein Urteil, in dem die Angeklagte nach dem Grundsatz *in dubio pro reo* freigesprochen wurde.

Eigentlich eine alltägliche Bagatelle, aber Martin Krass hasste solche Entgleisungen eines Verfahrens. Die Sache war glasklar gewesen und hatte ein unrühmliches Ende genommen. So etwas konnte man vielleicht mit Gabriel Engel machen, aber nicht mit ihm. Nun gut, er würde diesem türkischen Advokaten bei nächster Gelegenheit eine Retourkutsche verabreichen. Und was die Rumänin anging:

Staatsanwalt Thorsten Storg war immer dankbar für Tipps zu Subjekten, die man im Auge behalten sollte. Er hatte beste Verbindungen zu den Beamten der Schweinfurter Polizei, denen es ein Anliegen war, solchen Tipps dann nachzugehen. Dieser Dienstweg war kurz: Gleich nachher in der Kantine beim Mittagessen würde er Thorsten Storg zur Seite nehmen und ihm das Aktenzeichen des verunglückten Verfahrens zustecken. Angela Gheorgiu konnte sich auf einiges gefasst machen.

Martin Krass zog in seinem Dienstzimmer gerade die Richterrobe aus, als das Handy klingelte, das er auf dem Schreibtisch liegengelassen hatte. Er sah aufs Display. Keine Nummer. Er verabscheute anonyme Anrufe. Zögernd nahm er das Gespräch an. Dann entspannte er sich.

„Hallo, Andreas", sagte er. „Das ist aber eine Überraschung. Wie geht es dir?"

5

„Genau so muss eine Pho Bo duften", rief Martha Grimm und klatschte vergnügt in die Hände. „Nach Sternanis und jeder Menge Kräuter. Ihr könnt sie gern noch verfeinern. Mit der Minze hier, den Chilis und einem Schuss Fischsoße. Huongs Pho ist grandios. Sie kocht die Brühe vierundzwanzig Stunden lang, und das Rindfleisch ist zart und mürbe. Ein Gedicht. Sie schmeckt so, wie ich sie von früher her kenne. Aus Saigon. Mein Gott, waren das Zeiten damals."

Huong stand neben dem Tisch und lächelte selig. Und auch ihr Mann Trung hinter dem Tresen, dessen Miene sonst streng und undurchdringlich war, hatte ein glückliches Grinsen auf dem Gesicht. Seit den Geschehnissen um die Schweinfurter Martinsschlachtschüssel* waren Martha Grimm und die Wirtsleute des vietnamesischen Imbisses *Happy Wok* in der Langen Zehntstraße ein Herz und eine Seele. Sie schaute mehrere Male in der Woche vorbei, und Huong las ihr jeden Wunsch von den Augen ab.

„Frau Martha tüchtig essen", sagte sie. „In Canaria kein gutes Essen."

„Wahrscheinlich nicht", pflichtete ihr Martha Grimm höflich bei. „Auf jeden Fall gibt es dort keine Pho Bo wie die deine … und auch keine Sommerrollen … und kein Chilihühnchen mit Cashewnüssen, wie es Trung so köstlich macht."

* In „Schlachtschüsselblut" (Schweinfurter Kriminalroman 7)

Jetzt tropften ein paar kleine Tränen über Huongs Wangen.

„Wir Frau Martha vermissen", schluchzte sie. „Bitte nicht lang fortbleiben."

„Nur so lange, bis der Frühling kommt. Aber nun setzt euch endlich zu uns. Wir wollen gemeinsam essen. Wie eine große Familie."

Trung hängte das Schild *Geschlossen* an die Tür und nahm zusammen mit seiner Frau am Tisch Platz. Scheu schöpften sie Nudelsuppe in ihre Schüsselchen, fischten die kleinsten Rindfleischscheibchen aus der großen Schüssel, aßen schnell und hastig und schwiegen dabei eisern.

Blacky kämpfte mit den langen glitschigen Reisbandnudeln und scheiterte daran, sie auf den Löffel zu bekommen.

„Du musst die Nudeln mit den Stäbchen essen", erklärte Martha Grimm. „So wird das nichts."

„Ich kann aber nicht mit Stäbchen essen. Konnte ich noch nie."

„Du bist aber in einem Alter, wo du es noch lernen kannst. Stell dich nicht so an."

„Er kann auch nicht richtig Pasta essen", sagte Kriminaloberkommissarin Kerstin Weiß süffisant.

„Aber hervorragend Pasta kochen", zischte Blacky. „Im Gegensatz zu dir."

„Kinder, vertragt euch", mahnte Martha Grimm. „Wollt ihr eigentlich irgendwann mal heiraten?"

Kerstin Weiß ließ eine Nudel, die sie gerade zwischen ihre Stäbchen geklemmt hatte, zurück in die Suppe fallen.

„Wie kommst du denn auf die blöde Idee?"

„Liegt doch nahe, oder? Zumindest putzt ihr euch schon gegenseitig herunter wie ein altes Ehepaar. Was sagst du dazu?"

Sie deutete mit ihren Stäbchen herausfordernd auf Blacky.

„Ich …“ Er versuchte die Suppe, die er gerade gelöffelt hatte, hinunterzuschlucken. Ein Chilistückchen geriet ihm in den Hals. Es brannte höllisch. Er begann heftig zu husten.

„Schon gut“, meinte Martha Grimm. „Es geht mich ja nichts an.“

Als sich der Hustenreiz gelegt hatte, fragte er rasch:

„Du warst schon einmal in Saigon?“

„Das nennt man Ablenkungsmanöver, nicht wahr? Ja, ich war in Saigon. Es ist sehr lange her. Während des Vietnamkriegs. Ich war damals Kommissarin im Sittendezernat des Bundeskriminalamtes. Saigon war da noch die Hauptstadt Südvietnams. Es war eine äußerst diffizile Ermittlung. Ein hochrangiger Diplomat der deutschen Botschaft war in die Machenschaften eines Kinderschänderringes verwickelt. Scheußliche Geschichte. Vermintes Gelände. Es musste alles äußerst diskret vor sich gehen. Aber damit habe ich mir meine ersten Sporen verdient. Und ich war noch so jung.“

Nun kullerten auch aus Martha Grimms Augen ein paar Tränen. Ihr verschleierter Blick schien sich in weiten Fernen zu verlieren. Wie immer hielt die sentimentale Anwandlung aber nicht lange an, und wie immer klatschte sie dann laut in die Hände und zwitscherte vergnügt:

„Aber jetzt flieg ich erst mal auf die Kanaren und gehe meiner Tochter und ihrem Lebensabschnittsgefährten auf die Nerven.“

Sie nahm ihr Schüsselchen in beide Hände und trank ungeniert den Rest Suppe aus.

„So macht man das in Vietnam“, erläuterte sie. Huong und Trung lächelten stoisch. Dann standen sie auf, verbeugten sich und gingen an ihre Arbeit zurück.

„Und du, mein Liebes“, sagte Martha Grimm zu ihrer Enkelin, „kommst über Fasching auch rüber, der fade Eugen soll dann verduften, und wir drei lassen’s so richtig krachen.“

„Mal schauen“, sagte Kerstin Weiß.

„Was soll das heißen? Es ist so abgemacht.“

„Es kann sein, dass ich noch einmal nach Dubai muss.“

„Schon wieder?“, fragte Blacky beunruhigt.

„Wegen dieses Doppelmords?“, sagte Martha Grimm. „Dieser orientalischen Nuss, die ihr einfach nicht geknackt bekommt? Was, unter uns gesagt, ein Armutszeugnis für euch ist.“

„Ach Oma, was weißt du denn davon?“, erwiderte Kerstin Weiß genervt.

„Fast alles. Ich habe die gesamte Presseberichterstattung darüber gelesen. Und ich habe den Tatort an dieser Eissporthalle eingehend inspiziert. Wenn ich endlich Einblick in die Ermittlungsakten bekommen würde, hätte ich den Fall im Handumdrehen gelöst. Tötungsdelikte im arabischen Milieu waren früher in Frankfurt eine meiner Spezialitäten. Aber Hauptkommissar Bayer stellt sich da ja völlig quer. Er ist sonst ein so netter Mann. Aber in dieser Geschichte ist er leider völlig verbohrt.“

„Mit Recht“, sagte Kerstin Weiß. „Und jetzt Schluss damit. Ich kann darüber nicht reden.“

„Weil wir gerade bei beruflichen Dingen sind“, fuhr Martha Grimm fort, „ich muss dir noch einen Verdacht melden, um den du dich kümmern solltest. Ich habe leider nicht mehr die Zeit, es selber zu tun.“

„Spar dir deine Worte“, sagte Kerstin Weiß unwirsch. „Ich will nichts hören.“

„Du willst nie etwas hören. Was ist denn das für eine

Dienstauffassung? Also, pass auf! In meinem Seniorenendlager ist letzte Nacht ein Mann gestorben. Das kommt vor, natürlich. Ein sehr netter Herr. Heinrich Sendner. Mein Zimmernachbar. Er hat manchmal sogar mit mir geflirtet. Gestern war er noch mopsfidel. Wir waren zusammen auf dem Weihnachtsmarkt. Und in der Nacht ist er urplötzlich verstorben. Schon komisch, oder?“

„Nein“, sagte Kerstin Weiß. „Überhaupt nicht. Völlig normal.“

„Genau das ist das Problem“, ereiferte sich Martha Grimm. „Diese Ignoranz. Weißt du, dass fünfzig Prozent der Morde in Deutschland überhaupt nicht als Morde erkannt werden? Fünfzig Prozent. Die Hälfte. Na gut, für die Mordkommissionen mag das ja vorteilhaft sein. Sie hätten sonst noch mehr zu tun. Aber eigentlich ist das ein Skandal. Es wird viel zu oft viel zu schnell von einer natürlichen Todesursache ausgegangen.“

„Woher hast du denn diese Zahl?“

„Aus dem Fernsehen. Rechtsmediziner haben das hochgerechnet.“

„Ach, die Leichenschnipsler“, meinte Kerstin Weiß geringschätzig. „Die machen sich schon seit Jahren viel zu wichtig. Kommt von den vielen Leichenpornos im Fernsehen und auf dem Buchmarkt.“

„Du solltest das ernster nehmen. Das ist eine Frage der Berufsethik.“

„Aber wie soll das gehen? Soll man jeden Totenschein, den ein Arzt ausstellt, anzweifeln?“

„Nicht jeden. Aber da, wo Zweifel oder Verdachtsmomente vorhanden sind, müsste man genauer hinschauen.“

„Und bei deinem verstorbenen Zimmernachbarn gibt es Verdachtsmomente?“

„O ja“, sagte Martha Grimm. „Die gibt es. Es gibt sie durchaus.“

*

Als Martin Krass durch die triste Bahnunterführung hinunter zur Gutermann-Promenade gegangen war und den winterlich grauen Main vor sich liegen sah, verspürte er plötzlich einen Schauder, den er sich nicht erklären konnte. Ihm kam es vor, als wäre der enge Durchgang wie eine Pforte zu etwas gewesen, das nun auf ihn zukam und das er noch nicht kannte. Sein nüchternes Juristengehirn protestierte zwar sofort gegen diesen Anflug von Irrationalität, aber gleichzeitig konstatierte er, dass dieses beängstigende Gefühl anscheinend stärker war. Denn es zwang ihn, stehenzubleiben und zu überlegen, ob er nicht besser umkehren und sich in die Sicherheit seines Richterzimmers im Justizgebäude zurückbegeben sollte. Aber dann schüttelte er diese konfusen Gedanken energisch von sich ab. Es war doch nur der Anruf eines alten Freundes gewesen. Ein merkwürdiger Anruf zwar, zugegebenermaßen, ein Anruf, der ihn irritiert hatte, aber ihn gerade deshalb verpflichtete, der dringenden Bitte nachzukommen.

Andreas Köhler saß wie angekündigt auf einer Bank hinter dem Walzenwehr. Er trug absurderweise eine sehr dunkle Sonnenbrille, hatte eine Wollmütze weit in die Stirn heruntergezogen und den Schal bis fast zur Nase hinaufgeschoben. Bei Martin Krass kehrte das ungute Gefühl mit Macht zurück.

„Ich könnte nicht behaupten, dass ich diesen Aufzug nicht merkwürdig finde", sagte er.

„Doppelte Verneinung", erwiderte Andreas Köhler. „Geschraubtes Juristendeutsch. Du bleibst dir immer treu, oder?"

„Vielleicht. Darüber denke ich nicht nach. Aber ich glaube, es geht jetzt nicht um mich."

„Richtig. Danke, dass du gekommen bist."

„Hatte ich eine Wahl?"

„Man hat immer eine Wahl."

„Nicht, wenn der beste Freund unvermittelt anruft und mit Verschwörerstimme sagt, es gehe um alles. Also, was ist los?"

„Willst du dich nicht setzen?"

„Eigentlich nicht", sagte Martin Krass. „Können wir nicht ein paar Schritte gehen?"

„Nein. Ich möchte nicht gesehen werden."

„Hier ist doch niemand."

„Das glaubst du nur. Alles ist möglich."

„Was soll das heißen? Mein Gott, Andy, mach's nicht so spannend."

„Ich muss untertauchen", sagte Andreas Köhler. „Und du musst mir dabei helfen."

„Wie bitte?"

„Soll ich das jetzt wiederholen? Ich brauche einen Unterschlupf. Sofort."

„Hör mal …"

„Ich weiß, was du sagen willst. Können wir das auf später verschieben? Gib mir deinen Wohnungsschlüssel, ja? Heute abend werde ich dir alles erklären. Das meiste jedenfalls."

„Nein."

„Was nein?“

„Einfach nein. Was denkst du denn? Wir haben uns seit Monaten nicht gesehen, davor haben wir uns Jahre nicht gesehen, du bist ein wichtiger Mann in deiner Branche, du hast Frau und Kind und ein Haus, und jetzt sitzt du wie ein Penner vor mir, willst meinen Wohnungsschlüssel, weil du angeblich untertauchen musst … und bist nicht bereit, mir auch nur die Andeutung einer Erklärung zu liefern. So läuft das nicht.“

„Doch. Und du weißt auch, warum.“

Martin Krass schwieg. Langsam griff er in die Tasche seines dunkelblauen Mantels aus Kaschmirwolle und zog einen Schlüsselbund heraus. Seine Finger zitterten nervös, als er einen Schlüssel davon ablöste.

„Hier“, sagte er. „Du weißt ja, wo ich wohne.“

6

„Wollen wir noch einen Glühwein trinken?“, fragte Kerstin Weiß.

Blacky sah sie an, als wäre sie nicht ganz bei Trost.

„Glühwein? Magst du dieses Zeug etwa?“

„Nö. Aber mir ist gerade danach. Heiß, süß, alkoholisch.“

Er dachte über die tiefere Bedeutung dieser Mischung nach, während sie die Spitalstraße entlanggingen. Verstohlen sah er sie von der Seite an. Sie hatte die flachsblonden Haare zum Zopf geflochten und trug ihren Rätselblick zur Schau. Er konnte allerlei bedeuten: Distanz, Belustigung, Ärger, Erwartung. Der Blick war fatal, denn eigentlich schien er zu signalisieren: Rühr mich nicht an. Aber manchmal signalisierte sie damit auch genau das Gegenteil. Das machte es kompliziert. Und auch wieder nicht. Denn da alles an Kriminaloberkommissarin Kerstin Weiß kompliziert war, war es letztlich ganz einfach. Man wusste nie, wirklich nie, woran man mit ihr war. Entweder man akzeptierte das, oder man verzweifelte. Blacky schwankte stets zwischen beiden Polen. Gerade wusste er wieder einmal nicht genau, wohin sein Gefühlskompass zeigte. Und da war dann noch das Wiedersehen mit Manu. Verwirrend, voller Fragen, beunruhigend. Vielleicht war süßer Alkohol jetzt wirklich das Richtige.

„Was schaust du mich so an?“ Wie immer bemerkte sie alles sofort.

„Ich musste nur eben an die schräge Idee deiner Oma denken."

„Die mit dem unerkannten Mord?"

„Dass wir heiraten könnten", sagte Blacky.

„Du findest sie also auch schräg?"

„Ja, schon ..."

„Okay, gut zu wissen", sagte sie.

War da ein beleidigter Unterton in der Stimme gewesen? Kaum vorstellbar. Und doch ... Er sah sie erneut an. Ihre Miene war noch undurchdringlicher geworden. Und dann war da etwas, das er bisher nicht kannte. Eine steile Falte war auf ihrer Stirn erschienen. Ihre grauen Augen hatten sich wie so oft verengt, aber diese Falte war neu. Sie schien ihm ein bedrohliches Menetekel zu sein. Er beschloss, das Thema sofort fallen zu lassen.

Der Weihnachtsmarkt war um diese Zeit schwach besucht und wirkte im düsteren Licht eines grauen Nachmittags eher trostlos als festlich. Sie entschieden sich für den erstbesten Glühweinstand neben dem Rathaus; eine mürrische Frau mit Pelzmütze schob ihnen wortlos zwei dampfende Tassen hin und knallte das Wechselgeld auf den Tresen.

„Schweinfurt ... wie ich es liebe", sagte Blacky. Er machte eine vage Handbewegung, die eine Art Halbkreis vom Rathaus zur Keßlergasse beschrieb.

„Du klagst in letzter Zeit viel", stellte Kerstin fest.

„Ich weiß. Vielleicht bräuchte ich mal einen Tapetenwechsel."

„Mach doch."

„Wie denn? Wohin denn? Ich hab das Gefühl, der letzte Zug ist schon abgefahren."

„Dann nimm die Barchetta. Oder geh zu Fuß."

„Ich meine das eigentlich ernst", sagte Blacky.

„Ist mir klar", erwiderte Kerstin. „Wir können gern mal ausführlich darüber reden."

„Wann hast du je Zeit?"

„An Weihnachten. Und danach. Wir könnten ja mal ein paar Tage wegfahren. In die Berge."

Er sah sie erstaunt an. Einen solchen Vorschlag hatte sie noch nie gemacht. Sein Gefühlskompass begann zu rotieren.

„Das wär natürlich toll", sagte er. „Ich weiß allerdings nicht, ob Olaf da mitzieht. Der Moderationsplan steht schon bis Mitte Januar."

„Wann hast du je Zeit?", fragte sie.

Gespanntes Schweigen hing zwischen ihnen, als sie schlückchenweise den Glühwein tranken, der nie abzukühlen schien.

„Dubai", sagte Blacky plötzlich. „Ich komme mit, und wir hängen einen kleinen Urlaub dran. Das wär ein echter Tapetenwechsel. Sonne, Wüste, Meer und ein Touch von Tausendundeiner Nacht."

Kerstin Weiß schüttelte den Kopf. „Keine Chance."

„Wegen Mister Zayed?"

„Red keinen Unsinn. Ich kann eine Dienstreise nicht mit Urlaub verknüpfen."

Zayed war der Name eines ominösen Kollegen von der Polizei in Dubai, den Blackys Freund Lothar vor kurzem ins Spiel gebracht hatte.* Er hatte ihn zufällig kennengelernt und von seinem Kontakt zu Kriminaloberkommissarin Kerstin Weiß aus Schweinfurt erfahren. Kerstin Weiß war, als der Name zum ersten Mal fiel, ziemlich nervös und zugeknöpft gewesen. Auch jetzt wirkte sie irgendwie ertappt. Dann

* In „Schlachtschüsselblut" (Schweinfurter Kriminalroman 7)

blitzte Ärger in ihren Augen auf. Es war besser, dieses Terrain zu verlassen.

„Schade", sagte er. „Wieso hüllt ihr euch eigentlich wegen dieses Falls immer noch so in Schweigen? Ich denke, die Presse hätte schon ein Anrecht darauf, mal wieder etwas zu erfahren."

„Hat sie nicht", sagte Kerstin Weiß giftig. „Nachdem ihr uns nach dem Prozess in der Luft zerrissen habt, braucht ihr euch nicht einzubilden, dass wir euch freiwillig etwas sagen. Wir machen unsere Arbeit und damit basta."

Der Doppelmord am Icedom war seit Jahren ein Debakel für die Schweinfurter Kriminalpolizei. Die Ermittlungen hatten zunächst recht schnell zur Festnahme eines Tatverdächtigen geführt, der dann auch angeklagt und vor Gericht gestellt worden war. Dort reichten die Beweise aber nicht aus, der Angeklagte wurde freigesprochen. Seitdem gab es bei der Mordkommission zwei unterschiedliche Szenarien, die zu erbitterten Auseinandersetzungen geführt hatten. Das frühere Ermittlungsteam hielt eisern daran fest, dass der freigesprochene Angeklagte dennoch der Täter war. Hauptkommissar Wolfram Bayer und Kerstin Weiß waren dagegen zu der Überzeugung gelangt, der Fall sei weitaus komplexer und weitreichender. Sie hatten Spuren ausfindig gemacht, die bis nach Dubai führten. Zäh trieben sie gegen allerlei Widerstände ihre Untersuchung voran, hielten sich, was die Erkenntnisse daraus betraf, völlig bedeckt und gaben keine Informationen an die Presse weiter. Auch Blacky, der bei Kerstin Weiß hin und wieder in dieser Sache zu bohren versuchte, kassierte eine Abfuhr nach der anderen.

„Hast du eigentlich Erfahrung mit Vermisstenfällen?", wechselte er das Thema.

„Wenig. Wieso?"

Er berichtete ihr in ein paar Sätzen von der Begegnung mit Manuela Köhler und dem Verschwinden ihres Mannes. Kerstin Weiß zuckte mit den Schultern.

„Ach, das kann doch alles mögliche sein. Ehekrise. Stress im Beruf. Blues in der Vorweihnachtszeit. Sie soll Anzeige erstatten, die Kollegen kümmern sich dann schon."

„Hab ich ihr auch gesagt."

„Na also."

„Trotzdem … irgendwie find ich's merkwürdig. Und ich habe das Gefühl, dass sie mir nicht die ganze Wahrheit gesagt hat."

„Die ganze Wahrheit erfährt man nie. Es gibt immer einen Rest. Wie gut kennst du sie denn?"

„Manuela? Ich hab sie mal recht gut gekannt … da waren wir jung. Jetzt weiß ich so gut wie nichts von ihr. Wir haben uns über zwanzig Jahre nicht gesehen."

„Aber sie interessiert dich immer noch."

„Wie kommst du denn darauf?"

„Das sieht man dir an der Nasenspitze an, Sportsfreund."

Blacky widerstand der Versuchung, mit dem Finger an der Nase zu reiben. Das Wort *Sportsfreund* wurmte ihn. Sie gebrauchte es immer, wenn sie ihn aufziehen und gleichzeitig auf Distanz gehen wollte.

„Du musst dir keine Sorgen machen." Er bereute den Satz, bevor er ihn ganz zu Ende gesprochen hatte.

„Warum und worüber sollte ich mir Sorgen machen?" Kerstin Weiß gab sich keine Mühe, die Ironie in ihren Worten zu verbergen.

„Schon gut", sagte Blacky.

Ein kleines Lächeln glitt über ihr Gesicht, das er nicht zu

deuten wusste. Es konnte spöttisch sein, mitleidig oder eine Art Friedensangebot.

„Der Ehemann …“, sagte sie. „Er ist bei SKF im Sicherheitsbereich tätig?“

„Anscheinend.“

„Interessant.“ Sie holte ihr Smartphone aus der Tasche. „Ich schick dir mal ’ne Handynummer. Sie gehört Detlev Kruschke. Ein früherer Kollege von mir. Er ist mittlerweile auch in der Sicherheitsbranche. Arbeitet für eine ziemlich bedeutende Privatfirma, die gezielt Projekte für die Großindustrie durchführt. Ruf ihn mal an und richte ihm Grüße von mir aus. Vielleicht kann er dir etwas über diesen Ehemann sagen.“

„Wäre es nicht besser, du würdest ihn anrufen?“

„Nein, auf keinen Fall. Damit würde ich nur die Pferde scheu machen.“

„Welche Pferde?“

„Nichts von Bedeutung. Das ist nur so eine Redensart.“

Zum zweiten Mal an diesem Tag hatte Blacky das Gefühl, dass eine Frau mehr wusste, als sie ihm sagte. Und dass sie ihn für einen Zweck benutzen wollte, von dem er keine Ahnung hatte.

*

Martha Grimm folgte ohne Umschweife dem Rat des Glückskekses. *Bleib nicht im Tal, sondern strebe nach oben. Das bringt dir Erfolg* hatte auf dem kleinen Zettel gestanden, den sie aus einem der zerbrechlichen Gebäckstückchen gefischt hatte, die Huong zum Abschluss des Mittagsmahles reichte. Sie hatte kurz überlegt und dann zufrieden genickt.

„Was machst du heute noch, Oma?“, hatte Kerstin Weiß

gefragt. Es sollte wohl das versöhnliche Ende der fruchtlosen Debatte um unentdeckte Morde und den Tod des netten Herrn Sendner sein, die sie bis dahin geführt hatten.

„Ich verlasse das Tal der Ahnungslosen und strebe nach oben", antwortete sie.

„Und was heißt das?", fragte ihr Enkelin misstrauisch.

„Das geht dich erst mal gar nichts an. Aber du wirst über meinen Erfolg unterrichtet werden. Und dann hast du Arbeit. Plane übrigens deine Woche so, dass du am Freitagmorgen pünktlich sein kannst."

„Am Freitagmorgen?"

„Ja, denn da wirst du mich zum Flughafen fahren. Das hast du doch nicht vergessen, oder?"

„Nein, natürlich nicht", hatte Kerstin Weiß hastig gesagt. „Wie könnte ich das vergessen."

„Mir schien es gerade so." Martha Grimm hob drohend den Zeigefinger. „Deine Mutter wäre dir sicher dankbar, wenn ich den Flieger verpassen würde. Aber diese Freude wollen wir ihr doch nicht machen, oder?"

Dann hatte sie sich mit ihren langsamen, trippelnden Schritten auf den weiten Weg zum Justizgebäude gemacht. Müde und außer Atem kam sie dort an. Der Justizwachtmeister hinter der Panzerglasscheibe an der Pforte schien auch müde zu sein. Er gähnte erst einmal ausgiebig, bevor er sich ihr zuwandte.

„Ich möchte gern die Leitende Oberstaatsanwältin sprechen", sagte Martha Grimm.

„Die ist net da."

Eine Antwort im Schweinfurter Umgangston: kurz und patzig. Martha Grimm, die ausschweifendes hessisches

Gebabbel gewohnt war, zuckte jedes Mal zusammen, wenn sie dermaßen knapp abgefertigt wurde.

„Wann bitte kommt sie denn zurück?"

„Heut nimmer."

„Ach so … Dann würde ich gern den Staatsanwalt sprechen, der für Tötungsdelikte zuständig ist."

„Das is net so einfach. Worum geht es denn?"

„Ich möchte das jetzt hier mit Ihnen nicht erörtern", erklärte Martha Grimm trotzig. „Rufen Sie ihn bitte an und sagen Sie ihm, Kriminalhauptkommissarin im Ruhestand Grimm von der Frankfurter Mordkommission habe ein wichtiges Anliegen."

Der Justizwachtmeister bedachte sie mit einem skeptischen Blick, dann griff er zum Telefon.

„Zimmer zweihundertelf im zweiten Stock", verkündete er schließlich. „Staatsanwalt Storg."

Martha Grimm bedankte sich höflich und unterzog sich widerwillig der Leibesvisitation im Eingangsbereich. Währenddessen inspizierte ein Sicherheitsmann ihre Handtasche. Mit spitzen Fingern zog er einen Pfefferspray heraus.

„Den können Sie nicht mitnehmen", sagte er. „Wir behalten ihn hier, und wenn Sie das Gebäude verlassen, bekommen sie ihn zurück."

„Da fühle ich mich jetzt sehr schutzlos", entgegnete Martha Grimm. „Aber meine Trillerpfeife darf mit?"

„Ja. Sie werden sie allerdings kaum brauchen."

„Man weiß nie. In einem Gericht wimmelt es nur so vor bösen Menschen."

„Die werden einer alten Dame kaum etwas antun."

„So alt bin ich nun auch noch nicht", beschied ihm Martha Grimm bissig. „Wo ist der Aufzug?"

Im zweiten Stockwerk des Justizgebäudes lag strenge Kühle förmlich in der Luft. Hier residierte die Staatsanwaltschaft, eine eigenständige Behörde, die den Nimbus der Unnahbarkeit eisern aufrechterhielt. In den Gerichtssälen unterhalb wurde im Namen des Volkes geurteilt. Hier oben stand man über dem Volk. Es sollte immer und für jeden klar sein: Wer es mit der Staatsanwaltschaft zu tun bekam, hatte nichts zu lachen.

Martha Grimm wollte gerade an die Tür zu Zimmer 211 klopfen, als sie von innen geöffnet wurde. Zwei Männer kamen ihr entgegen. Der eine war groß und schlank und schien im Gehen zu sein. Der andere, blond und noch recht jung, beendete eben einen Satz:

„… kümmere mich morgen um die Rumänin und …“ Als er Martha Grimm bemerkte, verstummte er. Der große Mann nickte ihr zu und trat auf den Korridor hinaus. Der Blonde sah sie neugierig an.

„Sie wollten zu mir?“, fragte er.

„Wenn Sie Staatsanwalt Storg sind, dann ja.“

„Kommen Sie bitte herein.“ Er deutete höflich eine leichte Verbeugung an und machte eine einladende Handbewegung. Martha Grimm ging an ihm vorbei ins Zimmer und registrierte die beiden Schmisse auf der linken Wange des Staatsanwaltes. Der schloss die Tür, rückte zwei Stühle an einem Besprechungstisch zurecht und sagte:

„Bitte setzen Sie sich, Frau Grimm. Es ist mir eine Ehre, Sie endlich kennenzulernen.“

„Ach, Sie haben schon von mir gehört?“

Thorsten Storg lächelte.

„Sie haben sich in Schweinfurter Polizeikreisen ja schon einen beachtlichen Ruf erworben.“

„Und der ist dann auch bereits zur Staatsanwaltschaft gedrungen."

„Das bleibt nicht aus. Zumal Ihre Enkelin eine unserer tüchtigsten Beamtinnen ist."

„Das höre ich gern. Sie ist ganz nach mir geraten. Auch wenn sie leider nicht immer auf mich hört. Und das ist auch der Grund, warum ich Sie behelligen muss."

Der Staatsanwalt verbarg die Skepsis in seiner Miene nur unzureichend.

„Nun gut, worum geht es denn? Ich möchte Sie allerdings gleich darauf aufmerksam machen, dass meine Zeit heute sehr begrenzt ist."

„Für eine Ermittlung in einem Mordfall, zu der ich Sie auffordern will, muss immer Zeit sein."

Staatsanwalt Storg sah plötzlich sehr unglücklich aus.

„Wissen Sie, Frau Grimm … Ihr Ruf, von dem ich gesprochen habe … Wie soll ich es sagen? Ich will nicht ungalant sein … Aber vielleicht gehört es zum Leben einfach dazu, irgendwann auch einen Schlusspunkt zu akzeptieren. Abschied zu nehmen. Zu wissen, wann man Dinge beenden muss. Sie waren sicher eine äußerst fähige Kriminalbeamtin – aber das war einmal … Nun sind Sie im Ruhestand und …"

„Papperlapapp", unterbrach ihn Martha Grimm gereizt. „Einmal Polizistin, immer Polizistin. Das ist mein Lebensgrundsatz. Und jetzt hören Sie mir bitte aufmerksam zu! Ich werde wie gewohnt kurz und prägnant vortragen."

Der Staatsanwalt seufzte und ergab sich in sein Schicksal.

„Also", begann Martha Grimm, „in der vergangenen Nacht ist in der Seniorenresidenz, die ich Endlager nenne, ein Zimmernachbar von mir urplötzlich verstorben. Das ist natürlich zunächst nichts Außergewöhnliches. Aber wenn man bedenkt, dass Studien zufolge die Hälfte aller Morde hierzulande gar nicht entdeckt wird, lohnt es sich immer, genauer hinzusehen. Und das habe ich getan. Der Arzt, der den Totenschein ausstellte, ist ein alter Herr, der seinen Lebensabend damit verbringt, den Bewohnern des Endlagers Zuckerpillen zu verabreichen. Seinen Diagnosen ist nicht zu trauen. Leider konnte ich die Leiche bisher noch nicht selbst in Augenschein nehmen. Aber ich bin überzeugt davon, dass etwas nicht stimmt. Deshalb bin ich jetzt zu Ihnen gekommen, um Sie zu bitten, die Leiche von Heinrich Sendner zu beschlagnahmen und eine Obduktion anordnen zu lassen. Ich tippe auf Giftmord."

„Und wie kommen Sie darauf?"

„Wir waren gestern abend in einer kleinen Gruppe auf dem Weihnachtsmarkt. Der ja eigentlich eher Adventsmarkt heißen müsste, nebenbei bemerkt. Heinrich, der das Leben genießen konnte, hatte vielleicht ein bisschen viel Glühwein getrunken. Ich mag das pappsüße Zeug ja gar nicht. Und dann sagte er irgendwann einen merkwürdigen Satz. ‚Ich sollte eigentlich vorsichtig sein, das hier gehört zu seiner Welt.' Ziemlich genau so sagte er es. Ich fragte ihn, was er damit meine, aber da lachte er bitter und antwortete, das sei nur eine Grille im Kopf eines alten Mannes. Ja, und wenige Stunden später ist er gestorben."

Staatsanwalt Thorsten Storg wiegte den Kopf hin und her.

„Das ist aber sehr vage."

„Mag ja sein. Aber Misstrauen ist trotzdem angebracht, wenn man alle Umstände zusammen betrachtet."

„Das sehe ich nicht so. Wer war dieser Heinrich Sendner denn?"

„Ein sehr kultivierter Herr. Er hat früher hier am Gericht gearbeitet. Als Justizoberamtsrat, soweit ich weiß."

Diese Information schien den Staatsanwalt etwas zu beeindrucken.

„Haben Sie Kenntnisse über sein persönliches Umfeld? Hat er Verwandte?"

„Er hat darüber kaum gesprochen. Er scheint immer alleinstehend gewesen zu sein und hatte wohl keine Kinder. Ich glaube, er hat einmal einen Neffen erwähnt. Und er muss sehr wohlhabend, wenn nicht gar reich gewesen sein."

„Wie kommen Sie darauf?"

„Mir hat er darüber nichts gesagt. Aber die anderen Bewohner, die ihn länger kannten als ich, haben immer wieder gemunkelt, er hätte einmal im Lotto gewonnen und wäre Multimillionär. Zumindest hat es ihm an nichts gefehlt. Er trug elegante, teure Kleidung und trank exquisite Rotweine. Und er sammelte wertvolle alte Bücher. Davon war er ganz besessen."

„Nun gut", meinte der Staatsanwalt. „Ich lasse mir die Sache durch den Kopf gehen."

„Halten Sie mich auf dem laufenden?"

„Dazu, Frau Grimm, besteht kein Anlass. Sie sind keine Angehörige. Und auch keine Amtsperson mehr."

„Das sehe ich anders", erwiderte Martha Grimm. „Einmal Polizistin, immer Polizistin."

7

Der Rettungswagen jagte die Rückertstraße hoch, das Einsatzfahrzeug des Notarztes folgte ihm. Bei der Adventspyramide mit den 24 Türchen hielten sie an, die zwei Sanitäter und der Arzt sprangen mit ihren Notfallkoffern heraus und hasteten über den Weihnachtsmarkt. Blacky sah ihnen hinterher.

„Was ist da schon wieder los?"

„Keine Ahnung", sagte Kerstin Weiß. „Interessiert mich auch nicht. Ich muss zur Dienststelle. Man sieht sich."

„Und wann?", fragte Blacky. „An Weihnachten?"

„Red kein Blech. Schlaf deinen Blues mal aus. Und denk über die Berge nach. Wir können gern über Silvester und Neujahr bleiben."

„Ich spreche mit Olaf. Er wird fürchterlich störrisch sein. Seine Moderationspläne über die Feiertage sind für ihn eine heilige Kuh."

„Heilige Kühe kann man hierzulande schlachten. Man muss es manchmal sogar."

„Leicht gesagt. Olaf Röder spielt bei solchen Dingen gern den Granitfelsen. Ich müsste ihn irgendwie ködern."

„Lass dir was einfallen", meinte Kerstin. „Ich glaube, es wäre mir wichtig."

„Hey, hey", sagte Blacky. „Die Botschaft ist angekommen."

Kerstin Weiß lächelte wie eine Sphinx, umarmte ihn und gab ihm einen Kuss.

Glühwein, dachte Blacky, sie sollte öfter Glühwein trinken. Er sah ihr nach, bis sie hinter der Rathausecke verschwunden war. Dann kämpfte er mit sich. Es gab eine strikte Dienstanweisung, nach der jeder Mitarbeiter von Main-Radio Schweinfurt für den Fall, dass er bei Unfällen, Rettungseinsätzen und anderen außergewöhnlichen Vorkommnissen in der Nähe war, die Verpflichtung hatte, sich dort umzusehen und den Chef vom Dienst in der Redaktion zu informieren. *Bei uns hören Sie heute, was morgen in der Zeitung steht* war der Slogan des Senders, der aber nicht immer allzu wörtlich genommen wurde. In Blacky siegte schließlich das Pflichtgefühl über die Versuchung, nach Hause zu gehen und den widerlich süßen Nachgeschmack des Glühweins mit einem großen Schluck Single Malt wegzuspülen. Er trottete in die Richtung, in die der Arzt und die Sanitäter gerannt waren.

Beim Glühweinstand hinter dem Rückert-Denkmal versperrte ihm ein Pulk von Menschen den Weg. Er nahm sofort diese vertraute Stimmung wahr, die immer über einer Horde von Gaffern waberte: Gezischel und Getuschel, Spannung und Angst, unverhohlene Sensationsgier. Ungeniert bahnte er sich einen Weg durch die Menge, ohne auf die Schimpfworte zu achten, die auf ihn einprasselten. Der eingeborene Schweinfurter ist immer bereit, seinem Ärger auf unverhältnismäßige Art und Weise Luft zu verschaffen.

Blacky trat zu dem Polizeibeamten, der versuchte, die glotzende Masse in Schach zu halten, und zeigte ihm seinen Presseausweis.

„Ach, der Herr Schwarz“, sagte der Polizist. „Der rasende Reporter.“

Blacky, der diesen Spruch schon tausendmal gehört hatte, ging nicht darauf ein.

„Was ist passiert?“

„Eine Frau ist umgefallen.“

„Mehr nicht? Und deshalb der ganze Aufruhr?“

„Na ja, es muss wohl ziemlich dramatisch gewesen sein. Sie soll schreiend aus der Glühweinbude gerannt sein, hat sich auf den Boden geworfen und mit Schaum vor dem Mund dort herumgewälzt. Als wir angekommen sind, hat sie sich schon nicht mehr gerührt.“

„Wo ist sie jetzt?“

„Die Sanis haben sie wieder hineingetragen. Der Arzt wollte hier vor der versammelten Meute keine Reanimation durchführen.“

Zu Blackys Verblüffung trat in diesem Moment Sören Eckenstade, der Volontär des Senders, aus der Bude.

„Was machst du hier, Fischkopf?“, fragte Blacky ärgerlich. „Warum bist du nicht in der Redaktion?“

„Olaf hatte eine neue Idee. Ich soll die Glühweine auf dem Weihnachtsmarkt testen. Jeden Tag einen anderen. Hier habe ich gerade damit angefangen.“

„Seit wann versteht ein Ostfriese denn was von Glühwein?“

„Ich verstehe eigentlich von allen Alkoholika etwas.“

Ursprünglich hatte Sören, der aus Wilhelmshaven nach Schweinfurt gekommen war, um bei Main-Radio ein Praktikum zu machen, darauf beharrt, dass nur Jever und Klare aus seiner Heimat die einzig möglichen alkoholischen Getränke seien. Dann hatte er allerdings damit begonnen, sich mit dem Frankenwein anzufreunden. Dass seine Akne sichtbar zurückgegangen war, führte er nun auf den reichlichen Genuss von Silvaner zurück. Nach Sörens Aufstieg zum Volontär hatte Blacky mit Sorge bemerkt, dass der junge Ostfriese sich immer mehr zum großen Schluckspecht mauserte.

„Olaf sollte deine Liebe zum Alkohol nicht noch fördern", sagte er.

„Was laberst du für ein Zeug", empörte sich Sören. „Ich liebe meine Mutter, aber nicht den Alkohol."

„Das sehe ich anders, aber es ist deine Sache. Hast du mitbekommen, was hier passiert ist?"

„Und wie. Es war irre. Die Frau ist direkt an mir vorbeigerannt. Sie hat geschrien wie am Spieß. Ich natürlich hinterher. Draußen hat sie sich auf den Boden geschmissen. Sie hat sich gewunden und gekrümmt. Und sie hatte Schaum vor dem Mund. Es war wie in einem Horrorfilm. Dann war sie plötzlich still. Und jetzt ist sie tot. Der Notarzt hat die Reanimation eben eingestellt."

„Okay", sagte Blacky, „du fährst in den Sender und gehst mit einer ersten kurzen Meldung on air. Aber keine Spekulationen, nur Fakten. Ich versuche herauszufinden, was passiert ist."

„Warum du? Ich könnte das genauso gut machen. Schließlich war ich als Erster am Tatort."

„Wieso Tatort?"

„Weil hier was dahintersteckt", raunte Sören. „Das hab ich im Urin. Ich tippe auf Gift. Stell dir vor, der Glühwein wäre vergiftet gewesen."

„Dir scheint's aber noch recht gutzugehen."

„Was willst du damit sagen?"

„Dass du ja auch von dem Glühwein getrunken hast. Du und viele andere."

„So gesehen hast du recht. Es war ja nur eine erste Theorie. Wir Detektive sollten immer eine Theorie auf Lager haben."

„Du bist aber kein Detektiv, Fischkopf. Du bist allerhöchstens Volontär mit der zweifelhaften Aussicht, ein talentloser Journalist zu werden. Und jetzt troll dich."

„Ich werde mich bei Olaf Röder über dich beschweren", zischte Sören. „Ich bin Auszubildender und fühle mich von dir gemobbt. Andauernd versuchst du mich auszubremsen. Nur weil du nicht vertragen kannst, dass ich die Dinge durchschaue. Und jetzt willst du dir schon wieder einen Fall unter den Nagel reißen."

„Das hier ist kein Fall, sondern ein Vorfall. Hüte dich, die Sache aufzubauschen."

„Ich weiß schon, was ich tue", sagte Sören und ging zu seinem Fahrrad, das an einer Wand der Glühweinbude lehnte. Blacky sah ihm skeptisch nach. Sörens Miene war alarmierend. Sie zeigte genau jene Mischung aus Übereifer und Verbissenheit, die befürchten ließ, dass der Volontär aus dem Ruder laufen würde. Er griff zum Handy und rief Patricia, die Chefin vom Dienst, an.

„Sören kommt gleich in die Redaktion und bringt eine Meldung über einen Vorfall auf dem Weihnachtsmarkt mit. Schau ihm auf die Finger, damit er keinen Blödsinn labert."

Er trennte die Verbindung sofort wieder, weil der Notarzt eben aus der Bude kam. Er wirkte niedergeschlagen und ernst. Blacky ging auf ihn zu.

„Ich bin von der Presse", erklärte er. „Main-Radio Schweinfurt. Können Sie mir irgendetwas sagen?"

Der Notarzt zögerte. „Die Frau ist tot. Unsere Bemühungen waren leider erfolglos."

„Und die Todesursache?"

„Keine Ahnung. Das wird die Rechtsmedizin klären müssen. Ein natürlicher Tod war das jedenfalls nicht."

8

In seiner Eigenschaft als diensthabender Ermittlungsrichter unterzeichnete Martin Krass am Nachmittag auf Antrag der Staatsanwaltschaft gemäß § 87 der Strafprozessordnung die Anordnung zur Öffnung der Leiche des Heinrich Sendner, der in der Nacht zuvor verstorben war. Er wies dabei auch auf die Beachtung des § 91 StPO hin, wonach ein Chemiker hinzugezogen werden müsse, weil der Verdacht einer Vergiftung bestehe. Außerdem vermerkte er, dass eine Benachrichtigung von Angehörigen zu diesem Zeitpunkt nicht möglich sei, weil nur ein vager Hinweis auf einen weiter nicht bekannten Neffen vorliege.

Erst als Martin Krass seine Aktenstapel alle gewissenhaft abgearbeitet hatte, erlaubte er es sich, die Gedanken ganz auf seinen Freund Andreas Köhler zu richten. Er konnte sich auf dessen eigenartigen Auftritt und sein seltsames Begehren kaum den Anklang eines Reimes machen. Es schien nur klar, dass etwas Bedeutsames vorgefallen sein musste. Andy war immer der Stärkere von ihnen gewesen, bestimmend, durchsetzungsfähig, manchmal auch brutal. Vorhin am Mainufer hatte er all diese Eigenschaften eiskalt wieder hervorgekehrt, und Martin Krass hatte wie früher gleich klein beigegeben. Jetzt wurmte es ihn. Was für ein Scheißtag. Erst wurde er von einem türkischen Anwalt in die Bredouille gebracht und auf die Matte gelegt. Dann musste er den Spott in den Augen dieser rumänischen Ladendiebin ertragen. Und schließlich ließ er sich von seinem alten Freund Andy überrumpeln, der urplötzlich auftauchte und ungeniert in sein Leben eindrang.

Je länger Martin Krass darüber nachdachte, umso stärker wurde die Gewissheit, dass Andreas Köhler noch an diesem Abend Unordnung in sein Leben bringen würde. Warum brauchte er einen Unterschlupf? Schon das Wort war merkwürdig gewesen. Wieso wollte er sich an einem normalen Arbeitstag in der Wohnung eines Freundes verschanzen? Was war geschehen? Bestenfalls ging es um eine heftige Ehekrise, und er würde sich die halbe Nacht bei mehreren Flaschen Wein das Gejammer eines frustrierten Ehemannes anhören müssen. Er kannte Andys Frau Manuela nur flüchtig, sie schien recht emanzipiert zu sein, und es war gut möglich, dass sie dem Macho, der sein Freund nun einmal war, ordentlich Paroli bot. Aber sehr wahrscheinlich schien ihm diese Variante nicht zu sein. Andreas hatte sehr beunruhigt gewirkt, gehetzt, von seiner sonstigen Coolness war wenig zu spüren gewesen. Das deutete auf etwas anderes hin. Doch worauf?

Das Plausibelste, was Martin Krass dazu einfiel, war, dass sein Freund in beruflichen Schwierigkeiten steckte – welcher Art die auch immer sein mochten. Wenn es so sein sollte, mussten diese Schwierigkeiten allerdings beträchtlich sein. Denn in seiner Position war Andreas Köhler ziemlich unangreifbar – einerseits. Andererseits konnte man auf dem Terrain, auf dem er sich bewegte, auch schnell Fehler machen. Martin Krass erinnerte sich, wie Andy bei einer ihrer letzten Begegnungen, dem faden sommerlichen Grillabend in Dittelbrunn, die Bemerkung gemacht hatte, er schwimme Tag und Nacht in einem Haifischbecken. „Und der Haifisch, der hat Zähne“, hatte er danach gesummt.

Es war damals ein unbefriedigender Abend gewesen. Ihr erstes Wiedersehen nach einer Reihe von Jahren. Der Abend hatte gezeigt, dass eine Freundschaft wie die ihre einerseits nie zu Ende sein kann, es andererseits aber nicht möglich war, nahtlos an die alten Zeiten anzuknüpfen. Vielleicht waren es die Ehefrau und die Tochter gewesen, die zwischen ihnen standen. Vielleicht aber auch die jähe Einsicht, dass sie völlig unterschiedliche Ansichten darüber entwickelt hatten, was das Wort *Recht* in dieser Welt wirklich bedeutete.

Nur eines war geblieben: das gemeinsame Wissen um ihre Herkunft aus der anderen Welt. Und ihre tiefe Verwurzelung in den Traditionen und Gesetzen dieser anderen Welt. Sie waren immer noch dem alten Kodex verpflichtet, auch wenn sie sich längst weit davon entfernt hatten und eine andere Sprache sprachen. Und deshalb hatte es vorhin am Mainufer auch genügt, dass Andreas Köhler seinen Freund mit einem einzigen Satz daran erinnert hatte, woher sie kamen.

Martin Krass ordnete die Dinge auf seinem Schreibtisch pedantisch so an, wie er sie am Ende eines jeden Arbeitstages anordnete. Dann stand er auf, zog seinen dunkelblauen Kaschmirmantel an und verließ das Richterzimmer im Schweinfurter Justizgebäude mit dem Gefühl, dass ihm die Ordnung der Dinge heute noch entgleiten würde.

★

Ihre Stimme war schrill und aufgeregt.

„Hallo Blacky, ich bin’s, mein Mann hat eben angerufen.“

„Na Gott sei Dank.“

„Er ist entführt worden.“

„Wie bitte?“ Blacky blieb mitten in der Frauengasse stehen, ein paar Schritte von seiner Wohnung entfernt.

„Er ist entführt worden. Ich darf der Polizei nichts sagen. Können wir uns treffen? Wo bist du?“

„Auf dem Weg nach Hause.“

„Ich komme zu dir. Wo wohnst du?“

„Im Zürch. In der Frauengasse. Aber …“

„Ich bin in zehn Minuten da“, unterbrach sie ihn. „Welche Nummer?“

Er überlegte kurz, dann gab er ihr die Hausnummer. Bevor er noch etwas sagen konnte, hatte sie die Verbindung schon getrennt. Verwirrt ging er weiter. Dann klingelte sein Handy erneut. Es war Kerstin Weiß.

„Sag mal, spinnt ihr“, raunzte sie ihn ohne Begrüßung an. „Ihr habt ja nicht mehr alle Tassen im Schrank.“

„Ich weiß nicht, wovon du eben sprichst.“

„Davon, dass dein bescheuerter Sender gerade gemeldet hat, auf dem Weihnachtsmarkt sei eine Frau nach dem Genuss von Glühwein gestorben. Der Glühwein sei wahrscheinlich vergiftet gewesen. Weißt du, was ihr damit anrichtet?“

„Scheiße“, stöhnte Blacky. „Das war Sören, der Vollidiot.“

„Mir egal, wer das gewesen ist. Hier bei uns laufen bereits die Telefone heiß. Ihr dementiert das. Und zwar sofort.“

Er hörte noch, wie sie den Hörer hinknallte, dann war Totenstille, und Blacky sah rot. Er tippte wütend auf dem Display seines Handys herum. Im Sender meldete sich Patricia, die Chefin vom Dienst, ließ seine Schimpfkanonade über sich ergehen und sagte dann zerknirscht:

„Sören hat eine kurze Meldung verfasst. Ich habe sie

gegengelesen. On air hat er eigenmächtig diese dämliche Spekulation hinzugefügt. Wir dementieren das natürlich jetzt."

„Das wird Konsequenzen haben", sagte Blacky aufgebracht. „Ich rede morgen mit Olaf. Er muss ihn rausschmeißen."

Patricia, die gute Seele des Senders und immer auf Harmonie bedacht, versuchte die Wogen zu glätten.

„Wir machen alle Fehler. Sören ist halt manchmal übereifrig. Aber das ist besser als faul."

„Es gibt Fehler, die kann man sich in unserem Job nicht leisten. Der Depp löst, wenn wir Pech haben, eine Massenpanik aus. Und dann kann der Weihnachtsmarkt dichtmachen."

„Ist mir klar", sagte Patricia. „Ich versuche zu retten, was zu retten ist."

★

Martha Grimm betrat das Bestattungsinstitut *Medich* mit kummervoller Miene. Der blasse Mann, den sie schon von früher kannte,* fragte sie mit leiser Stimme nach ihrem Anliegen.

„Herr Sendner", sagte sie, „mein Zimmernachbar in der Seniorenresidenz ‚Goldener Herbst'. Er ist in der vergangenen Nacht verstorben. Ich konnte noch nicht Abschied nehmen."

„Er wurde aber leider nicht für einen Besuch aufgebahrt", sagte der blasse Mann, der sich nicht an sie zu erinnern schien. „Er hat ja keine Angehörigen."

„Nur ein kurzer Blick", bat Martha Grimm. „Ein letztes Adieu."

Der Mann nickte und führte sie durch den neonbeleuch-

* In „Herbstzeitlosen" (Schweinfurter Kriminalroman 6)

teten Gang zu der Lagerhalle, in der sie schon einmal gewesen war. Heinrich Sendner lag noch im Pyjama in einem Transportsarg und wirkte auf traurige Weise verwahrlost.

„Bitte machen Sie es kurz“, sagte der blasse Mann und verließ mit steifen Schritten die Halle. Martha Grimm trat nahe an die Leiche heran und betrachtete sie aufmerksam.

„Heinrich“, flüsterte sie. „Sprechen Sie zu mir. Was ist geschehen?“

Sie nahm seine rechte Hand und schaute sich die Totenflecke auf der Innenfläche und unter den Fingernägeln genau an.

„Blau-violett“, murmelte sie. „Völlig normal. Kein Anzeichen einer Intoxikation mit Blausäure. Aber das wäre auch zu einfach gewesen. Vielleicht doch Arsenik? Es löst sich gut in Wein auf und ist geschmacklos. Die Wirkung innerhalb weniger Stunden würde passen. Andererseits sollen Sie, lieber Heinrich, nach dem Befund des Arztes friedlich im Schlaf verstorben sein. Bei einer Vergiftung mit Arsenik kommt es aber zu schweren Bauchkrämpfen, Erbrechen und Durchfall. Hm, schwierig. Rizin? Blauer Eisenhut? Irgendetwas ganz Exotisches? Heinrich, ich fürchte, man wird Sie aufschneiden und genau unter die Lupe nehmen. Das verstehen Sie doch, oder?“

Sie vernahm hinter sich ein indigniertes Räuspern.

„Wenn ich Sie nun bitten dürfte“, sagte der blasse Mann. „Es ist an der Zeit.“

„Zeit?“, erwiderte Martha Grimm. „Ich denke, hier geht es um die Ewigkeit.“

9

Sie trug wieder den grauen Wollmantel, der ihr so gut stand, und diesmal zog sie ihn aus. Ganz selbstverständlich, als wäre sie hier zu Hause, hängte sie ihn an die Garderobe. Dann ging sie ins Wohnzimmer und sah sich neugierig um.

„Schön wohnst du“, sagte sie. „Echt schön.“

Blacky war etwas verblüfft. Ihre schrille Aufgeregtheit vorhin am Handy schien sich völlig gelegt zu haben. Sie wirkte entspannt und beinahe heiter. Als ob sie sich auf einen netten Abend freute. Es fehlte nur noch, dass sie nach einem Begrüßungsdrink verlangte. Aber so war sie schon früher gewesen. Manu, das Chamäleon.

„Hast du etwas zu trinken?“, fragte sie. „Ich brauche einen Schnaps.“

„Klar.“ Er wies mit einer einladenden Bewegung zu seiner reich sortierten Hausbar neben der Tür zur Küche. Sie war ein Relikt aus den wilden Jahren seines Lebens, in den denen er als Türsteher vor unterfränkischen Discos, als DJ und Barkeeper gearbeitet hatte. Damals hatte er noch Ohrringe getragen und nicht gewusst, was eine Krawatte war. „Was möchtest du?“

„Erinnerst du dich noch, was ich früher immer getrunken habe?“

„Selbstverständlich. Campari Orange.“

„Schrecklich, oder? Jugendsünden. Hast du einen ordentlichen Whisky?“

„Allerdings. Da sorgt schon Lothar dafür.“

Blacky entschied sich für einen weichen *Craigellachie* von der Speyside und goss in zwei Gläser jeweils eine vorsichtige Fingerbreite.

„Ach, den gibt’s auch noch?“

„Wie man’s nimmt. Er ist nach Irland gezogen und schreibt dort Kriminalromane.“

„Interessant. Taugen sie etwas?“

„Keine Ahnung. Ich habe noch keinen gelesen.“

„Seid ihr keine Freunde mehr?“

„Doch“, erwiderte Blacky. „Vielleicht gerade deshalb. Er ist ja eine Diva und würde Kritik nicht vertragen. Deshalb mache ich das Fass gar nicht erst auf.“

„Kriminalromane“, sagte sie. „Womit wir beim Thema wären. Cheers.“

Sie trank hastig, ohne Sinn für den komplexen Tropfen, den sie da im Glas hatte.

„Was ist geschehen?“

„Ich weiß es nicht. Ich verstehe überhaupt nichts mehr. Er hat mich angerufen. Ich war gerade auf dem Weg zur Polizei. Wegen der Vermisstenanzeige. Er hat gesagt, er sei entführt worden. Ich solle ganz ruhig bleiben und nicht in der Firma anrufen. Und ich dürfe auf gar keinen Fall die Polizei ins Spiel bringen. Auf gar keinen Fall. Was soll ich denn jetzt tun?“

„Sofort die Polizei informieren. Ich rufe Kriminaloberkommissarin Weiß an. Sie ist zwar bei der Mordkommission, aber sie wird alles weitere veranlassen.“

„Nein!“, sagte Manuela Köhler sehr energisch. „Mein

Mann hat mir verboten, die Polizei zu rufen. Er hat gesagt, das wäre sein Todesurteil."

Blacky, der sein Smartphone bereits in der Hand hatte, zögerte.

„Was hat er noch gesagt?"

„Nur das. Dann hat er aufgelegt."

„Hat er vom Handy aus angerufen? Mit seiner Nummer?"

„Nein, ich glaube, es war so ein öffentlicher Fernsprecher. Die gibt es ja kaum noch. Aber man konnte Verkehrslärm im Hintergrund hören."

„Das kann dann überall gewesen sein", meinte Blacky. „Und sonst hat er wirklich nichts gesagt? Was du jetzt tun sollst? Ob es um Lösegeld geht?"

„Gar nichts. ‚Ich bin entführt worden. Bleib ganz ruhig. Ruf nicht in der Firma an. Bring auf keinen Fall die Polizei irgendwie ins Spiel. Das wäre mein Todesurteil.' So waren seine Worte. Dann hat er aufgelegt."

„Hast du irgendeine Erklärung? Eine Idee? Eine Vermutung?"

„Erklärung? Was für eine Erklärung denn?"

„Was dahinterstecken könnte. Wer dahinterstecken könnte. Habt ihr Geld?"

„Nein", sagte Manuela Köhler. „Wir haben kein Geld."

„Hat dein Mann Feinde?"

„Weiß ich nicht so genau."

„Was soll das heißen?"

„Ich weiß so wenig über das, was er eigentlich tut. Hin und wieder hat er eine Andeutung gemacht. Die Konkurrenz sei riesig und gefährlich, hat er mal gesagt, es sei alles extrem riskant. Der Kalte Krieg sei vorüber, aber der eigentliche Krieg habe jetzt erst begonnen. Wenn ich dann weitergefragt habe, hat er auf seine hohe Sicherheitsstufe verwiesen und gemeint, es sei besser, wenn ich nichts wüsste."

„Unbefriedigend, oder?"

„Wie schon gesagt, ich kannte es von meinem Vater auch nicht anders."

„Tja", meinte Blacky, „um mal die Phrasendreschmaschine anzuwerfen: Da ist guter Rat teuer."

„Allerdings."

„Und was erwartest du von mir?"

„Ich erwarte nichts von dir."

„Na ja, du nimmst mich ziemlich offensiv in die Sache mit hinein."

„Vielleicht will ich nur nicht alleine sein."

„Was soll das heißen?" Er spürte jene leichte Euphorie in sich aufsteigen, die mit dem Erwachen des Beschützerinstinkts einherging.

„Am liebsten würde ich hierbleiben."

„Okay."

„Aber es geht nicht. Ich muss Paula aus dem Kindergarten abholen."

„Ach so … Ja, natürlich."

Es war eine für Blacky in seinem Singleleben unvertraute Erkenntnis, dass man ein Kind aus dem Kindergarten abholen musste.

„Falls du Lust hast, könntest du später ja nach Dittelbrunn kommen. Wenn Paula schläft, haben wir Zeit zum Quatschen."

Er wusste, dass es besser war, nein zu sagen. Trotzdem sagte er ja.

Sie zog ihren Mantel an und ging. Zurück blieb ein Rätsel. Verhielt sich so eine Frau, deren Mann angeblich entführt worden war? Sie war nahezu die Ruhe selbst gewesen. Blacky wusste nicht, ob er ihr alles glauben sollte, einen Teil oder gar nichts.

Er stand am Fenster und sah hinaus in die Dämmerung, als sein Handy schon wieder klingelte. Es war Patricia, die Chefin vom Dienst.

„Du musst sofort auf den Weihnachtsmarkt. Es gab erneut einen Todesfall. Die gleichen Umstände wie vor ein paar Stunden."

10

Auf dem Weg zum Marktplatz dachte Blacky über Manuela Köhler nach. Immer mehr Erinnerungen an ihre gemeinsame Zeit kehrten zurück; Details und Bilder, mit denen er sich sehr lange nicht mehr beschäftigt hatte. Er wusste plötzlich wieder, wie es sich angefühlt hatte, sie zu küssen, mit ihr zu schlafen. Wie leicht und oberflächlich sie alles genommen hatten, weil sie so jung und unbedarft gewesen waren. Warum sie sich dann eigentlich getrennt hatten, konnte er gar nicht mehr genau sagen. Wahrscheinlich waren sie einfach wie Schmetterlinge zu einer neuen Blüte weitergeschwebt.

Der Rettungswagen des Roten Kreuzes stand vor dem Geburtshaus von Friedrich Rückert. Das Blaulicht spiegelte sich auf dem nassen Asphalt. Ein Knäuel von Menschen gaffte diesmal vor dem Glühweinstand beim Rathaus. Blacky ging zu den Polizisten, die zu viert versuchten, das, was hinter ihnen geschah, vor neugierigen Blicken halbwegs abzuschirmen. Er winkte mit seinem Presseausweis.

„Was ist jetzt schon wieder?“, erkundigte er sich bei ihnen.

„Wissen wir nicht“, brummte ein stämmiger Polizeihauptwachtmeister, den er schon x-mal bei solchen Einsätzen gesehen hatte. „Wahrscheinlich ein Besoffener.“

Blacky sah, wie sich der Notarzt und die beiden Sanitäter kniend um einen Mann bemühten, der am Boden lag.

„Haben Sie mitbekommen, was geschehen ist?", fragte er eine ältere Frau, die in der ersten Reihe des Menschenknäuels stand und wilde Verrenkungen machte, um an den Polizeibeamten vorbeischielen zu können.

„Klar hab ich das", sagte sie. „Ich bin ja direkt neben ihm g'standen. Er hat Glühwein getrunk'n, und plötzlich ist er zusammeng'sackt. Einfach so. Wahrscheinlich hat er zu viel von dem G'söff gekippt. Der Fusel taugt ja auch nix. Ich krieg jedes Mal Sodbrennen davon. Eigentlich sollt man des Zeug gar net trink. Aber es g'hört halt zum Weihnachtsmarkt mit dazu. Mein Mann beispielsweis lässt ganz die Finger davon. Der sagt immer: Ä Bier, des is ä klare Sach, da weiß man, was man hat. Aber bei dem Glühwein … Man hat ja gar keine Ahnung, was die da alles neischütt'n. Ehrlich g'sacht, wenn ich mich net mit ä paar Kolleginnen hätt treff woll, wär ich ja gar net auf'n Weihnachtsmarkt gegangen. Eigentlich is mir des viel zu viel Trubel …"

„Kann ich verstehen", unterbrach Blacky die Verkörperung Schweinfurter Mitteilungsfreude. „War irgendwas auffällig bei dem Mann?"

„Gar nix. Er hat keinen Ton von sich geben und ist einfach in sich zusammeng'sackt. Jemand hat dann gleich den Notarzt angerufen, und der war auch ganz schnell da. Wobei … ä bissle komisch is des scho. Vor zwei Stunden ham sie im Radio g'sacht, heut nachmittag wär ä Frau auf'm Weihnachtsmarkt g'storb'n, weil der Glühwein vergiftet gewesen wär. So ä Schmarrn. Danach ham sie gemeldet, des wär ä Irrtum gewesen. Aber das ist typisch fürs Radio. Was die da den lieben Tag lang für'n Mist verzapfen …"

„Stimmt", pflichtete ihr Blacky bei. „Das sag ich auch immer."

Sie sah ihn misstrauisch an.

„Ich kenn Ihre Stimme. Sie sind doch der Christian Blacky Schwarz, oder?“

„Genau. Der vom Radio. Wo wir den lieben langen Tag Mist verzapfen.“

„Sie hab ich ja auch net gemeint. Ich hör Sie immer in der Früh. Sie machen des wirklich gut.“

„Ich weiß“, sagte Blacky. „Bleiben Sie mir treu.“

Der Notarzt hatte sich erhoben. Die Sanitäter begannen, den Mann auf die Tragbahre zu hieven.

Blacky trat dem Notarzt in den Weg. Er schien die Missgelauntheit in Person zu sein.

„Presse. Main-Radio Schweinfurt. Können Sie mir sagen, was mit dem Mann ist?“

„Ihr kümmert euch aber auch um jeden Scheiß, oder?“, fauchte der Arzt. „Er ist stockbesoffen. Das ist alles.“

„Und da sind Sie sich ganz sicher?“

„Herrgott ja. Was soll denn die Fragerei?“

„Na ja, nach dem Vorfall heute nachmittag …“

„Weiß ich nichts davon. Welcher Vorfall denn?“

„Die tote Frau. Hier auf dem Weihnachtsmarkt. Sie hat Glühwein getrunken und ist danach gestorben.“

„Na und? Der Tod ist ein witziger Geselle. Da könnte ich Ihnen ein Lied davon singen. Und jetzt muss ich weiter.“

Er ließ Blacky stehen und stapfte davon. Schulterzuckend nahm Blacky sein Handy und rief Patricia an.

„Fehlalarm“, sagte er. „Und jetzt lasst mich bitte in Ruhe. Ich bin heute nicht mehr erreichbar.“

*

Da er Effizienz als eine wesentliche Tugend ansah, hatte Martin Krass mit Bedacht eine Wohnung in der Nähe des Gerichtsgebäudes gemietet. Zur Roßbrunnstraße waren es nur ein paar Minuten zu Fuß, er vergeudete so für den Weg zur Arbeit und zurück keine Zeit und musste auch nicht Auto fahren oder sich in einem Bus durchschütteln lassen. Auch das war Teil seines klaren Lebenskonzepts, das er sich konsequent erarbeitet hatte.

Feste Gewohnheiten, routinierte Abläufe, Pünktlichkeit, Disziplin waren die Eckpfeiler dieses Konzepts, an denen er auch an diesem Tag nicht zu rütteln gedachte. Obwohl ihn der Gedanke an seinen Freund Andreas, dem er den Schlüssel zu seiner Wohnung gegeben hatte, stark beschäftigte, war er so lange wie immer in seinem Büro geblieben. Genau um 17 Uhr verließ er das Justizgebäude, überquerte die große Kreuzung und ging an der Kunsthalle vorbei Richtung Theater. In keiner dieser beiden Schweinfurter Kulturinstitutionen war er jemals gewesen. Das war eine fremde Welt für ihn, die er als überflüssig und sogar obskur einstufte. Dort ging es um die Kapriolen menschlicher Phantasie, um Gaukeleien jenseits der Realität, für die er keinen Sinn besaß. Manchmal dachte er darüber nach, ob er im Gerichtssaal in gewisser Weise nicht auch Theater spielte. Aber falls das zutreffen sollte, gab es doch einen erheblichen Unterschied: In seinen Prozessen spielte sich das reale Leben ab, und alles hatte seine wohlbegründete Ordnung. In diesen sogenannten Musentempeln war alles nur Erfindung und Schein, und es herrschte das Prinzip der Anarchie. Nichts fürchtete der Amtsrichter Martin Krass mehr als die Vorstellung, dass die Dinge außer Kontrolle geraten könnten. Und nie hätte er es für möglich gehalten, dass das in seinem eigenen Leben innerhalb weniger Minuten geschehen könnte.

Die Haustür war um diese Zeit noch nicht verschlossen, wie immer ignorierte er den Aufzug, nahm zwei Treppenstufen auf einmal und spürte, als er vor seiner Wohnungstür stand, erneut mit aller Macht, wie ein nie gekanntes Missbehagen in ihm hochstieg. Ärgerlich drückte er auf den Klingelknopf. Schon allein das war eine Zumutung: An der eigenen Tür klingeln zu müssen, bloß weil sein Freund Andy den Rappel hatte.

Die Tür wurde von innen geöffnet, vor ihm stand die junge Rumänin mit den schwarzen Augen, die er am Vormittag freigesprochen hatte. Martin Krass war so perplex, dass er sie einfach nur anstarrte und kein Wort herausbrachte. Er fühlte, wie sich sein ganzer Körper versteifte, ihm die Hitze ins Gesicht schoss und seine Hände zu zittern begannen. Ungläubig sah er ihr dreckiges Grinsen und hörte ihre gurrende Stimme mit dem schweren Akzent, die voller Spott sagte: „Guten Abend, Herr Richter. Ich wollte gerade gehen."

Martin Krass hob die rechte Hand, ballte sie zur Faust und schlug zu. Der heftige Schmerz, der durch seine Finger fuhr, sagte ihm, dass er getroffen hatte.

*

Die Stimme von Detlef Kruschke klang extrem leise und abweisend, sie ging nur leicht über ein Flüstern hinaus. Er sprach reinstes Hochdeutsch, jedes Wort verriet professionelles Misstrauen. Blacky hatte das Gespräch schon für gescheitert betrachtet, als der Mann überraschenderweise die Tür doch noch einen Spaltbreit öffnete.

„Na gut", meinte er plötzlich, „wir können uns morgen

treffen. Am Telefon geht das nicht. Sagen wir zwölf Uhr mittags bei einem Glühwein auf dem Weihnachtsmarkt. Der Stand direkt vor dem Rathaus."

„Okay", erwiderte Blacky. „Wie erkennen wir uns?"

„Ich erkenne Sie. Ich weiß, wer Sie sind."

Davon hatte er bisher nichts gesagt. Er hatte im Gegenteil Blacky unmissverständlich das Gefühl gegeben, ganz bei null anfangen zu müssen, als er sich mit einem sehr leisen „Ja bitte" gemeldet hatte.

„Mein Name ist Schwarz, Christian Schwarz", hatte Blacky begonnen. „Sie werden mich vermutlich nicht kennen."

„Woher sollte ich?"

Schon diese Eröffnung hatte klar gemacht, dass ein Gespräch mit ihm nicht leicht werden würde.

„Ich bin der Freund von Kerstin Weiß. Kriminaloberkommissarin Weiß. Sie hat mir Ihre Nummer gegeben. Ich soll Ihnen schöne Grüße ausrichten."

Blacky war gespannt, ob diese Worte irgendeine Wirkung haben würden. Es schien nicht der Fall zu sein.

„Aha", flüsterte Detlef Kruschke nur.

„Sie meint, dass Sie mir vielleicht behilflich sein könnten."

„Wobei?"

„Ich brauche ein paar Informationen über einen Andreas Köhler. Er arbeitet bei SKF. Sie kennen ihn doch, oder?"

„Welche Informationen?"

„Eher so allgemeine. Wer er ist und was er macht."

„Und warum wollen Sie das wissen?"

„Das ist jetzt schwer zu erklären", sagte Blacky vorsichtig. „Mich hat jemand vertraulich um Hilfe gebeten. Ich bin noch ganz am Anfang und weiß so gut wie nichts über diesen

Andreas Köhler. Natürlich klingt das alles ein wenig komisch. Aber Kerstin hat gemeint, mit Ihnen könne man reden."

„Hat sie das? Sie sind … der Freund von Kerstin?"

„Ja."

„Seit wann hat Kerstin einen Freund? Das passt überhaupt nicht zu ihr."

„Eine komplizierte Geschichte."

„Kann ich mir denken." Detlef Kruschke lachte leise. Zum ersten Mal klang er etwas zugänglicher.

„Also", sagte Blacky forsch. „Was muss ich über Andreas Köhler wissen?"

„Haben Sie eine Ahnung, wer ich bin?", fragte der Mann zurück.

„Kerstin hat mir gesagt, dass Sie in der Sicherheitsbranche tätig sind."

„Eben. Sicherheitsbranche. Bei uns herrscht der Grundsatz: Reden ist Scheiße, Schweigen ist Gold. Sie verstehen mich?"

„Klar. Aber ich dachte, wenn Kerstin mit im Spiel ist, habe ich eine Chance …"

„Hat sie Ihnen nichts gesagt?"

„Nein. Nur dass ich mich an Sie wenden soll."

„Trotzdem keine Chance. Tut mir leid."

„Scheint ja ganz schön ominös zu sein, dieser Andreas Köhler", startete Blacky einen letzten durchsichtigen Versuch.

„Auch das verfängt nicht", konterte Detlef Kruschke. „Sorry."

„Schade."

Kurzes Schweigen. Dann ein anderer Ton in der Stimme des Mannes.

„Sie wollen mir vermutlich nicht sagen, wer Sie um Hilfe gebeten hat?“

Blacky wusste, dass es nun ums Pokern ging.

„Na ja“, sagte er. „Ich habe eigentlich Vertraulichkeit versprochen.“

Er stellte sich auf eine längere Pokerrunde ein. Aber dann kam von Detlef Kruschke unvermittelt der Satz „Na gut, wir können uns morgen treffen“ und die knappe Terminvereinbarung. Nach diesem überraschenden Ende des Gesprächs war ihm klar, dass er den Mann aus der Sicherheitsbranche sehr neugierig gemacht hatte.

*

Es schien recht unwahrscheinlich, dass Heinrich Sendners Appartement nicht verschlossen sein würde. Trotzdem schlich Martha Grimm nach ihrer Rückkehr aus der Stadt über den Gang im dritten Stock der Seniorenresidenz *Goldener Herbst* und drückte verstohlen die Türklinke nieder. Überraschenderweise war die Tür offen, anscheinend hatte sich, nachdem seine Leiche abgeholt worden war, niemand mehr um das letzte Lebensdomizil des alten Mannes gekümmert. Martha Grimm zögerte einen Augenblick, dann ging sie hinein, schloss die Tür und tastete nach dem Lichtschalter.

Das Appartement hatte denselben Grundriss wie das ihre und wirkte doch völlig anders. Sie hatte in den letzten Monaten häufig mit Heinrich Sendner hier gesessen und ein Glas Wein getrunken. Dabei hatte sie immer wieder über die vielen Bücher gestaunt, die in hohen Regalen die Wände nahezu verdeckten.

„Wie viele sind das eigentlich?“, hatte sie einmal gefragt.

„Ich müsste in meinem Bibliotheksverzeichnis nachsehen“, antwortete er. „Es dürften knapp zehntausend sein.“

„Und die haben Sie alle gelesen?“

„Das ist genau die Frage, die man einem Büchersammler nicht stellt“, rügte er schmunzelnd. „Denn damit rührt man an einen wunden Punkt. Bücher zu sammeln ist eine Obsession, man kann auch sagen, es ist eine milde Form des Wahnsinns. Sammeln und lesen sind zwei verschiedene Dinge. Ich fürchte, das ist schwer zu verstehen.“

„Ich habe in meinem Leben nie Ruhe zum Lesen gefunden“, sagte sie. „Auch nach der Pensionierung nicht.“

„Ich dachte immer, ohne Krimi geht die Mimi nie ins Bett“, neckte er sie.

„Das hab ich mal probiert. Zwei oder drei Bände mit Miss Marple. Aber ich kann die alte Schachtel nicht leiden. Außerdem hatte ich in meinem Leben weiß Gott genug Krimis.“

„Dann sollten Sie vielleicht Liebesgeschichten lesen“, neckte er sie weiter.

„In meinem Alter bestimmt nicht mehr. Das ist vorbei.“

„Wer weiß, wer weiß …“

Er hatte auf seine lausbübische Art gelacht, zum Glas gegriffen und ihr zugeprostet. An diesem Abend war ihr aufgefallen, dass er sie nie nach ihrem verstorbenen Mann gefragt hatte. Und sie hatte niemals etwas von ihm erzählt. Es schien schwer, sich am Abend des Lebens wirklich kennenzulernen, weil es unmöglich war, die vielen vergangenen Lebenstage noch einmal Revue passieren zu lassen. Und es waren so viele darunter, von denen man sowieso nicht mehr sprechen wollte.

Martha Grimm sah sich mit geschultem Blick um. Alles schien wie immer zu sein. Das Wohnzimmer mit den

Büchern, die kleine Küche. Die Tür zum Schlafzimmer stand offen. Dort war sie noch nie gewesen. Etwas befangen ging sie hinein. Es war unübersehbar das Schlafzimmer eines alten, alleinstehenden Mannes. Schmucklos, karg, eigentlich trist. Ein Bett, ein Schrank, ein Nachttisch. Kein Bild an der Wand, nirgendwo etwas Persönliches. Nur auf dem Nachttisch lag ein Buch: *Die Schatzinsel* von Robert Louis Stevenson. Hatte sich Heinrich abends vor dem Schlafen damit in die Träume seiner Jugend zurückversetzt? Vielleicht. Aber darauf gab es nun keine Antwort mehr.

Sie betrachtete das Bett. Es war zerwühlt. Hier war Heinrich Sendner am Morgen tot aufgefunden worden. Er war gegen seine Gewohnheit nicht zum Frühstück erschienen und hatte auf den dann üblichen Kontrollanruf nicht reagiert. Daraufhin hatte sich Eckehard Wecklein, der Leiter der Seniorenresidenz, zu seinem Appartement im dritten Stock begeben und nach vergeblichem Klingeln und Klopfen mit dem Generalschlüssel die Tür geöffnet. Der herbeigerufene Arzt stellte den Tod fest, und Diakon Wallmann eilte herbei, um irgendwelche Riten der katholischen Kirche durchzuführen. Wenig später waren dann schon die Herren des Bestattungsunternehmens erschienen und hatten sich abgemüht, den schweren Körper Heinrich Sendners zum Leichenwagen zu tragen.

Unter dem Wohnzimmerfenster, durch das man weit über die Dächer der Stadt schauen konnte, stand der große, altmodische Schreibtisch des Verstorbenen. Martha Grimm musterte ihn höchst interessiert. Schreibtische, das hatte sie in den Jahrzehnten des Polizeidienstes gelernt, enthielten stets Geheimnisse und lieferten oft unerwartete Antworten auf die einfachsten Fragen. Vorausgesetzt, man kam an ihr verborgenes Innenleben heran. Aber dafür musste man entweder berechtigt oder skrupellos sein. Ersteres schied hier aus, und mit den Skrupeln kämpfte Martha Grimm eine ganze Weile, um sich dem Objekt ihrer Neugier schließlich doch zu nähern. Die Tischplatte war bis auf eine dunkelgrüne Schreibunterlage leer, hier gab es nichts zu entdecken. Sie schob ihre Skrupel ganz beiseite und versuchte, die oberste Schublade zu öffnen. Abgeschlossen. Ebenso alle anderen Schubladen und die Tür rechts mit ihren holzgeschnitzten Ornamenten, hinter der sich vermutlich Innenfächer verbargen.

„Sieh an, ein Geheimniskrämer", murmelte sie. „Schließt alles ab, obwohl er hier alleine lebt."

Verschlossene Türen, Schubladen und Fächer hatten ihre Neugier schon immer angestachelt. Wer etwas verschließt, hat etwas zu verbergen. Aber was? Und wo waren die Schlüssel versteckt?

11

Er öffnete langsam die Faust, sah bestürzt auf seine Hand und dann auf die junge Frau, die wimmernd am Boden lag, halb im Gang, halb im Flur seiner Wohnung. Blut quoll ihr aus der Nase und sickerte über die Lippen hinab. Die Erkenntnis, dass er soeben eine Riesendummheit begangen hatte, traf Martin Krass wie ein Blitz. Konfuse Gedanken schossen ihm durch den Kopf. Einer davon war, einfach wegzulaufen.

Im Korridor tauchte Andreas Köhler auf. Er war nur mit einer Unterhose bekleidet und zog sich hastig ein T-Shirt über.

„Bist du wahnsinnig geworden?“, brüllte er. „Was machst du denn?“

„Wer ist hier wahnsinnig geworden?“, brüllte Martin Krass zurück und erschrak über den kreischenden Ton seiner Stimme. So laut hatte er noch niemals geschrien. Panisch sah er den Gang hinunter. Nebenan wohnte ein Polizeibeamter, der aber wahrscheinlich zu dieser Zeit noch Dienst hatte. Der Studienrat in der Wohnung gegenüber war jedoch mit ziemlicher Sicherheit zu Hause.

„Stehen Sie auf“, zischte er die Frau an. „Los!“

„Ich will Polizei!“ Die Rumänin begann zu kreischen. „Polizei! Polizei!“

Andreas Köhler stürzte auf sie zu, packte sie am Arm, riss sie brutal hoch und zerrte sie in die Wohnung.

„Geh ins Bad“, herrschte er sie an, „wasch dir das Blut aus

dem Gesicht. Und komm erst wieder heraus, wenn ich es dir sage."

„Meine Nase gebrochen", stöhnte sie. „Ich will Polizei."

„Gar nichts willst du", sagte Andreas Köhler grob. „Verschwinde im Bad und warte dort."

Die Rumänin legte die Hand auf Nase und Mund, ging ins Badezimmer und schloss die Tür hinter sich. Irgendwo im Durcheinander der Gedanken konstatierte Martin Krass, dass sie sich in seiner Wohnung offensichtlich gut auskannte. Er atmete tief durch, um sich zu beruhigen, warf noch einen Blick in den Gang hinaus, machte die Wohnungstür zu und ging, ohne ein Wort zu sagen, ins Wohnzimmer. Andreas Köhler folgte ihm.

Martin Krass trat an Fenster, sah hinüber zum Theater, in dem inzwischen die Innenbeleuchtung angeschaltet worden war, versuchte, seine Gedanken zu ordnen und sich ins Gedächtnis zu rufen, dass er ein kühler, strukturierter Jurist war. Dann drehte er sich zu Andreas Köhler um. Der stand, immer noch in Unterhose und T-Shirt, mitten im Wohnzimmer und grinste.

„So, mein Freund", sagte Martin Krass mit der Stimme, mit der er sonst Angeklagte zur Sache vernahm, „jetzt erklärst du mir klar und schnörkellos, was das alles zu bedeuten hat. Dann holst du diese Frau aus dem Bad und verschwindest aus meiner Wohnung. Verstanden? Und grins nicht so blöd."

„Hätt ich dir gar nicht zugetraut", antwortete Andreas Köhler. „Dass du so unbeherrscht zuschlagen kannst. Was natürlich sehr dämlich war. Jetzt sitzt du ganz schön in der Scheiße."

„Ich glaube, du schätzt die Angelegenheit etwas falsch ein."

„Glaub ich nicht. Ein Richter, der eine Nutte zu sich bestellt, die er ein paar Stunden zuvor im Gericht freigesprochen hat. Dann mit ihr in Streit gerät und sie zu Boden schlägt. Das wird ganz schön Aufsehen erregen, meinst du nicht?“

„Was redest du da? Hast du sie noch alle?“

„Ich schildere nur, wie die Sache sich darstellt. Angela wird das bei der Polizei so aussagen, und ich werde es bezeugen. Dann stehst du ganz schön im Regen.“

Martin Krass spürte einen leichten Schwindel. Schmerz durchpulste seine rechte Hand. Ihm war, als ziehe ein hässlicher Gestank durch die Wohnung, zusammen mit einem gräulichen Nebel, der alle Konturen verwischte.

„Was willst du von mir?“, hörte er sich matt fragen, ganz gegen seinen Willen. Eigentlich wollte er noch einmal losbrüllen, wieder handgreiflich werden, den Nebel energisch verscheuchen. Aber der gefährliche Unterton in der Stimme seines Freundes hielt ihn davon ab.

„Ich brauche deine Hilfe“, sagte Andreas Köhler.

*

Sie war immer eine Schnüfflerin gewesen. Daran war nichts zu deuteln. Aber es war natürlich etwas anderes, von Amts wegen herumzuschnüffeln und fremde Schubläden zu öffnen, als unbefugt die Wohnung eines verstorbenen Bekannten zu durchstöbern. Martha Grimm kämpfte schwer mit sich, inwieweit sie der Versuchung nachgeben sollte, dann traf sie mit sich selber eine Abmachung: Wenn die Schlüssel zu Heinrichs Schreibtisch irgendwo offen herumliegen sollten, würde sie von ihnen Gebrauch machen. Wenn nicht, würde sie nicht danach suchen. Das schien ihr eine faire Lösung des Dilemmas.

Aber die Schlüssel lagen nirgendwo herum. Nicht im Wohnzimmer, nicht im Schlafzimmer. Dort gestattete sie sich eine kleine Ausnahme von ihrer Abmachung mit sich selbst: Sie lüpfte das Kopfkissen auf dem Bett und schaute darunter. Nichts. Sie ging zurück ins Wohnzimmer. Resigniert betrachtete sie die vielen Bücher in den Regalen. Wenn er auf die Idee gekommen sein sollte, die Schlüssel hinter Büchern zu verstecken, hatte sie sowieso keine Chance. Blieben nur noch die kleine Küche und das Bad. In beiden Räumen stellte sich erneut die Gewissensfrage. Es gab Schränke und Schubladen. Seufzend entschied sie sich, ihre Abmachung einzuhalten und die Sache abzublasen.

Als sie in der Küche das Licht löschen wollte, fiel ihr Blick auf die Spüle. Dort standen Gläser. Zwei Weingläser. Sie erinnerte sich, wie penibel Heinrich in dieser Hinsicht gewesen war. Er pflegte benutzte Gläser immer sofort zu spülen. Diesmal schien er nicht mehr dazu gekommen zu sein. Hatte er am Abend vor seinem Tod noch einen Gast gehabt? Sie ging zur Spüle und sah genauer hin. In beiden Gläsern waren noch die rötlichen Reste von Wein zu erkennen. Sie roch daran. Nichts Auffälliges. Nur ein Hauch vom Aroma eines schweren Rotweines, wie ihn Heinrich Sendner geliebt hatte.

Neben der Spüle hingen zwei Geschirrtücher. Martha Grimm nahm sie, griff die Weingläser mit den Fingerspitzen am untersten Ende des Stieles und schlug sie behutsam in die Geschirrtücher ein. Morgen würden die Kollegen von der Spurensicherung sich damit befassen müssen. Sie musste es nur so einfädeln, dass Kriminaloberkommissarin Kerstin Weiß davon nichts mitbekam. Denn sonst würde die störrische Enkelin ihr todsicher wieder einen Strich durch die Rechnung machen.

12

Es war ein unscheinbares Reihenhaus in einer langen Front exakt gleicher Häuser am unteren Rand des Sonnentellers in Dittelbrunn, wo es eigentlich nur Lehrer als Nachbarn gab. Blacky fand erst hundert Meter weiter einen Parkplatz, und als er zu der Adresse zurücklief, die ihm Manuela Köhler gegeben hatte, sah er nur geschlossene Rolläden. Auf dem Sonnenteller schien man sich am Abend gern zu verschanzen.

Bevor er am Gartentürchen klingeln konnte, wurde die Haustür geöffnet. Manuela kam heraus und legte den Zeigefinger auf die Lippen.

„Ich hab schon mal hier gewartet. Das Klingeln könnte Paula wecken. Und das wär gar nicht gut. Ich bin so froh, dass sie schläft. Sonst hätten wir überhaupt keine Ruhe."

Er sah sie leicht erstaunt an. Sie trug einen für seinen Geschmack sehr extravaganten weitgeschnittenen Hausanzug in leuchtendem Blau mit gelben Streifen. Manuela schien den Blick bemerkt zu haben.

„Ich hoffe, mein Aufzug stört dich nicht. So was trägt in Schweden jede Frau am Abend. Es ist irrsinnig bequem."

„Kein Problem", sagte er. Früher hätte er hinzugefügt: Wichtig ist ja nur, was darunter ist. Am besten wenig. Früher …

Sie kam ihm ein paar Schritte entgegen, umarmte ihn und gab ihm einen Kuss auf die Wange.

„Schön, dass du gekommen bist."

Er erwiderte den Kuss recht ungeschickt. Früher hätten sie erst einmal eine Minute wild geknutscht. Heute spürte er Befangenheit, Distanz und Unsicherheit. Wieder schien sie zu bemerken, was er dachte und fühlte.

„Nun steh doch nicht so stocksteif da", sagte sie. Wie früher. Immer alles geradeheraus.

Er gab keine Antwort und löste sich aus der Umarmung. Es war keine gute Idee gewesen, hierherzukommen.

Schon wieder erriet sie seine Gedanken.

„Bevor du es dir anders überlegst, komm mit rein. Ich hab einen guten Rotwein aufgemacht. Du trinkst doch Rotwein?"

„Ja klar", sagte er lahm.

„Vielleicht macht er deine Zunge etwas flotter. Im Augenblick bist du ziemlich wortkarg. Oder ist das eine Berufskrankheit? Verschießt man als Radiomoderator sein verbales Pulver tagsüber und hüllt sich am Abend dann in Schweigen? Oder schont man einfach seine Stimme?"

„Ach Quatsch", antwortete er. „Ich bin nur etwas … weiß auch nicht …"

„Leicht überfordert?" Sie klang amüsiert. „Früher warst du nicht so schüchtern. Wollen wir jetzt endlich reingehen? Hier draußen ist es saukalt."

Blacky folgte ihr ins Haus. Eine Allerweltsdiele, ein Allerweltswohnzimmer. Nichts Individuelles, nichts, was an Skandinavien erinnert hätte, alles bieder, übersichtlich und sauber.

„Unser Zuhause“, sagte Manuela. Sie verbarg den ironischen Unterton nicht. „Setz dich doch.“

Sie wies auf die graue Allerweltscouch. Auf dem Couchtisch standen eine entkorkte Flasche Rotwein und zwei Gläser. Er nahm Platz und zog reflexhaft den Bauch ein. Wie selbstverständlich, als wären keine zwanzig Jahre vergangen, setzte sie sich dicht neben ihn und goss Wein ein.

„Prost“, sagte sie. „Auf uns.“

Er erwiderte nichts und trank irritiert einen kleinen Schluck. Auf uns … Was sollte das werden?

„Und?“, fragte sie. „In Ordnung?“

„Äh … Was meinst du damit?“

„Der Wein. Ob er in Ordnung ist. Ich meine, ob er dir schmeckt. Mein Mann hält große Stücke auf ihn. Er ist sowas wie ein Weinkenner. Ich versteh nichts davon.“

„Ja, ja, völlig in Ordnung. Er schmeckt sehr gut“, antwortete er. „Gibt es denn etwas Neues?“

„Gar nichts.“

„Kein weiterer Anruf?“

„Nein. Ich sitze hier wie auf heißen Kohlen und weiß nicht, was ich tun soll.“

Blacky fand, dass sie alles in allem nicht so wirkte, als ob sie auf heißen Kohlen säße. Und genau das bereitete ihm weiterhin Kopfzerbrechen. Was war authentisch, was war Fassade? Was war vielleicht sogar ein Spiel?

„Und wie geht es dir damit?“, fragte er.

Sie kicherte. Eine Spur zu schrill, zu aufgesetzt.

„War das jetzt die Therapeutenfrage?“

„Soll ich die Journalistenfrage stellen?“

Jetzt zögerte sie. Dann rückte sie ein kleines Stück von ihm weg.

„Und wie wäre die?"

„Was ist hier los?"

„Wie meinst du das?"

„Na ja", sagte Blacky und trank erst noch von dem Wein, „mir kommt alles ein bisschen spanisch vor. Wir sehen uns heute schon zum dritten Mal, und ich weiß immer noch ziemlich wenig. Aus dem, wer dein Mann ist und was er so tut, machst du ein Geheimnis. Und du selber wechselst zwischen Sorge und Unbekümmertheit recht irritierend hin und her. Es scheint fast so, als ob dir die ganze Sache merkwürdig wenig ausmacht."

„Vielleicht habe ich mich einfach nur gut unter Kontrolle", sagte sie trotzig. Dann stiegen ihr plötzlich Tränen in die Augen. Blacky hatte es kaum anders erwartet. Sie hatte schon damals immer sehr theatralisch zum richtigen Zeitpunkt losheulen können.

„Also gut", schluchzte sie. „Dann will ich dir mal reinen Wein einschenken."

*

„Nein", sagte Martin Krass.

„Was heißt nein?", fragte sein Freund Andy und lachte hämisch. „Wie ich dir gesagt habe, diese Option steht dir nicht zur Verfügung. Du hast keine Wahl. Akzeptiere es einfach."

„Das werde ich nicht. Du nimmst jetzt diese Schlampe und machst mit ihr den Abgang."

„Martin, Martin", sagte Andreas Köhler. „Du hast als Jurist doch gelernt, alle Aspekte einer Sache genau zu durchdenken, oder? Wenn Angela Anzeige gegen dich erstattet, bist du geliefert."

„Das glaubst du nur. Als Richter sitze ich immer am längeren Hebel."

„Mach dich nicht lächerlich. Am Ende wird dir deine schwarze Robe gar nichts nützen. Willst du es wirklich darauf ankommen lassen?"

„Allerdings."

„Na gut", sagte Andreas Köhler. „Dann will ich dir mal zeigen, was ich noch auf Lager habe."

Er ging durch den Flur zum Badezimmer und kam mit Angela Gheorgiu zurück. Sie hatte ein blutverschmiertes Handtuch vor das Gesicht gepresst und wimmerte immer noch leise vor sich hin.

„Nun sag dem Herrn Richter mal, wie alles gewesen ist", befahl Andreas Köhler.

Sie nahm das Handtuch vom Gesicht und knäuelte es in ihren Händen. Martin Krass sah, wie Blut auf den weißen Teppich seines Wohnzimmers tröpfelte.

„Passen Sie doch auf!", fuhr er sie an. „Sie sauen hier ja alles ein."

„Ruhig Blut", sagte Andreas Köhler. „Nettes Wortspiel, oder? Aber das dürfte deine geringste Sorge sein. Angela, erzähl deine Geschichte!"

„Der Herr Richter", begann sie mit erstaunlich fester Stimme, „kommen vor ein paar Monaten zum ersten Mal in Wohnung im Graben. Ich arbeiten dort mit zwei Kolleginnen. Sehr gepflegter Mann, aber etwas ausgefallene Wünsche."

Während sie sprach, hielt sie den Blick zum Boden gerichtet. Martin Krass roch wieder den hässlichen Gestank und sah den gräulichen Nebel durch die Wohnung wabern.

„Du verdammte Lügnerin", presste er hervor.

„Erzähl einfach weiter", sagte Andreas Köhler.

„Er kommen immer wieder. Manchmal zu Kolleginnen, öfter zu mir. Irgendwann ich erzählte ihm von Problem mit Gericht. Er nichts dazu sagen, aber beim nächsten Mal er macht mir Vorschlag. Ich soll zu ihm kommen in Wohnung einmal in Woche, er dafür löst mein Problem. Heute hat sein Versprechen er gehalten, aber dann wir bekommen Streit, er schlagen mich ins Gesicht."

„Damit kommt ihr nicht durch", sagte Martin Krass. „Keine Chance."

„Kolleginnen sind Zeugen", erwiderte die Rumänin.

„Trotzdem. Keine Chance."

„Erzähl ihm von dem Glas", sagte Andreas Köhler.

„Wir immer heben ein Glas auf, aus dem Kunde hat getrunken. Aus Vorsicht. Und wir haben Beweis, wenn Schwierigkeiten. Wir haben auch Glas von Herrn Richter."

Martin Krass spürte, wie ihm jede Fassung entglitt.

„Das ist doch nichts als ein beschissenes Märchen aus dem beschissenen Transsylvanien, das in deinem beschissenen Rumänien liegt", tobte er los.

„Also Martin", rügte Andreas Köhler süffisant, „jetzt lässt du aber deutlich deine Herkunft erkennen. Wo du doch immer so stolz darauf warst, sie hinter dir gelassen zu haben."

„Halt die Klappe! Ein Glas … dass ich nicht lache!"

„Ja, ein Glas", sagte Andreas Köhler. „Mit deinen Fingerabdrücken. Und höchstwahrscheinlich auch mit Spuren deiner DNA."

„Da ich niemals dort war …", begann Martin Krass. Dann brach er ab. Der gräuliche Nebel begann sich zu lichten, und er sah seinen Freund Andy ganz neu. Ganz anders. Auf einen

Schlag begriff er das Ausmaß des hinterhältigen Komplotts, in das er geraten war.

13

„Mein Mann“, sagte Manuela Köhler, „ist ein Taugenichts.“

Sie war auf die vorderste Kante der Couch gerutscht, hielt das Weinglas mit beiden Händen umklammert und schaute starr geradeaus. Es kam Blacky vor, als würde sie der gegenüberliegenden Wand eine Geschichte erzählen wollen. Aber da die Wand ihr nicht antwortete, schwieg sie erst einmal.

„Ein Taugenichts“, wiederholte sie dann. „Ein Tunichtgut.“

Blacky fand es interessant, dass sie ziemlich altmodische Wörter benutzte.

„Ja“, sagte er behutsam, wechselte damit vom Journalistenton in den Therapeutenton.

„Er macht alles falsch, verstehst du? Er bringt nichts auf die Reihe.“

„Ich dachte, er sei erfolgreich. Du hast gesagt, er verdiene viel Geld.“

Jetzt sah sie ihn an.

„Kennst du Tolstoi, den russischen Dichter?“

„Dem Namen nach schon.“

„Der erste Satz seines Romans *Anna Karenina* heißt: ‚Alle glücklichen Familien gleichen einander, jede unglückliche Familie ist unglücklich auf ihre Art‘. *Anna Karenina* ist übrigens die Geschichte eines Ehebruchs.“

Er nahm diese bemerkenswerte Information kommentarlos zur Kenntnis.

„Wir sind keine glückliche Familie", sagte Manuela Köhler. „Wir sind unglücklich auf unsere Art."

„Das hätte ich nicht gedacht", sagte Blacky.

„Es ist aber so. Mein Mann verdient zwar sehr gut, aber er geht in die Spielbank. Dummerweise gibt es in Bad Kissingen und Feuchtwangen gleich zwei in erreichbarer Nähe. Als wir noch in Göteborg gelebt haben, ist er mit Fährschiffen auf der Ostsee herumgegondelt, um zu zocken. Wir sind inzwischen so hoch verschuldet, dass wir dieses Haus hier nicht mehr lange werden halten können. Außerdem trinkt er. Aber das versteht sich fast schon von selbst, oder? Außerdem geht er zu Nutten."

„Woher weißt du das?"

„Woher ich das weiß?"

„Er wird es dir doch wahrscheinlich nicht auf die Nase binden."

„Ich bin doch nicht blöd", sagte sie. „Ich bin doch nicht blöd. Mein Vater war Kriminalbeamter. Ich weiß, wie man jemanden überwacht und kontrolliert."

„Okay", sagte Blacky und kämpfte um die richtigen Worte, „das klingt alles ziemlich beschissen. Darf ich dir zwei Fragen stellen?"

„Ja, klar."

„Erstens, warum tust du dir das an?"

Ein hilfloses Lächeln erschien auf ihrem Gesicht.

„Und die zweite Frage?"

„Alles, was du mir gerade erzählt hast, gibt es in vielen Ehen und Familien. Es ist zwar tragisch, aber nicht wirklich ungewöhnlich. Du hast aber gesagt, ihr wärt unglücklich auf eure Art."

„Nicht schlecht", antwortete sie. „Du bist erwachsen geworden. Früher warst du nicht so einfühlsam."

Sie schien es amüsant zu finden, ihn ständig mit früher zu vergleichen. Er sagte nichts dazu.

„Es ist nicht leicht zu erklären", fuhr sie fort. „Andreas kommt aus einer anderen Welt. Hast du schon mal von den Jenischen gehört?"

„Ich glaube nicht."

„Wie denn auch. Kaum jemand kennt sie. Obwohl sie mitten unter uns leben. Sie sind das Fahrende Volk. Wenn du jetzt auf den Weihnachtsmarkt gehst, triffst du sie in manchen Verkaufsbuden. Sie sind als Schausteller auf dem Volksfest in der Stadt, und wenn ein Zirkus hier gastiert, sind sie dabei. Manche arbeiten immer noch als reisende Schrotthändler, viele von ihnen sind inzwischen aber sesshaft geworden. Sie haben ihre eigene Lebensweise, uralte Sitten und Gebräuche, und sie sprechen eine eigene Sprache."

„Also eine Art Zigeuner … äh, ich meine natürlich Sinti und Roma?"

„Das ist komplexer. Berührungspunkte zu den Roma gibt es wahrscheinlich, aber die Jenischen sind ein eigenes Volk. Sie stammen aus einer Zeit, als es neben Bürgern und Bauern eben auch die Fahrenden gab, die von Jahrmarkt zu Jahrmarkt reisten, dort mit allerlei Dingen handelten oder ihre Dienste als Scherenschleifer und Ähnliches anboten. Viele von ihnen waren damals auch Artisten, Feuerschlucker oder traten mit Tanzbären auf. Aber sie sind nicht verschwunden, es gibt sie immer noch."

„Aber dein Mann war doch Polizist?"

Sie lachte kurz auf.

„Ja, früher hätte sich das wohl ausgeschlossen, aber heute ist vieles anders. Er stammt aus einer sesshaften Jenischenfamilie. Natürlich ist auch da der Polizeidienst nicht die erste Berufswahl, doch die Zeiten haben sich geändert."

„Und trotzdem ist diese Herkunft deines Mannes ein Problem?"

„Ja. Das habe ich anfangs nicht gedacht. Ich fand es interessant. Pittoresk. Mal was anderes. Aber ziemlich schnell habe ich gemerkt, dass ich es mit einer geschlossenen Gesellschaft zu tun hatte. Es ist nicht nur die Familie, es ist ein ganzer unüberschaubarer Clan. Mit eigenen Regeln. Sie sprechen untereinander eine Sprache, die man nicht versteht. Man soll sie auch gar nicht verstehen. Andreas hat sich immer geweigert, mir nur ein einziges Wort zu erklären."

„Was ist das für eine Sprache?"

„Ich weiß nicht viel darüber. Eine Mischung aus altertümlichem Deutsch, Jiddisch, Hebräisch und Roma. Ich habe mal gehört, dass man sie die Gaunersprache nennen würde. Als ich das meinem Mann erzählte, wurde er fuchsteufelswild und schimpfte, dass genau in solchen Vorurteilen der Grund liege, weshalb sich die Jenischen absondern würden."

„Tun sie das?"

„Ja, natürlich. Sie geben sich dem Rest der Bevölkerung nicht zu erkennen, erkennen sich untereinander aber an bestimmten Zeichen. Sie halten zusammen wie Pech und Schwefel und haben eine Art Ehrenkodex, der ihr ganzes Leben bestimmt. Wenn man in eine solche Familie hineinheiratet, bleibt man auf ewig die Fremde. Vieles, was da abläuft, bekommt man überhaupt nicht mit. Andreas ist, was seine Welt angeht, ein richtiger Geheimniskrämer. Ich habe immer das Gefühl, den größeren Teil seines Lebens gar nicht zu kennen."

„Das hört sich schwierig an", sagte Blacky.

„Ist es auch. Dazu kommt, dass er das Leben ganz anders sieht, als ich es aus meiner Familie gewohnt bin. Er ist leichtsinnig, leichtfertig, unbekümmert. Risikofreudig. Am Anfang hat mir das sogar imponiert. Wie du ja weißt, war ich in meiner Jugend auch ziemlich aufsässig und ungezähmt. Andreas schien der Gegenpol zu meinem Vater. Ein moderner Polizist mit Flausen im Kopf, kein verknöcherter Ordnungshüter mit starren Prinzipien. Aber im Lauf der Jahre ist mir klar geworden, dass das Leben meines Mannes ein einziger Tanz auf der Rasierklinge ist. Und diese Rasierklinge hat mittlerweile alles zerschnitten. Alles kaputtgemacht."

Sie trank ihr Glas Rotwein in einem Zug leer und schenkte sich sofort wieder nach. Blacky sah, wie ihre Hände leicht zitterten.

„Aber er ist doch im Sicherheitsbereich der Großindustrie tätig", sagte er. „Wie passt das zusammen? Da muss man doch sehr seriös sein, oder?"

„Oh, das ist er durchaus. Andreas ist ein Chamäleon. Er kann sich auf jedem Terrain absolut souverän bewegen. Und er kennt alle Tricks. Das ist seine Stärke. Er durchschaut alle Tricks und er beherrscht alle Tricks. Ihm macht keiner was vor."

„Und was genau ist seine Aufgabe bei SKF?"

„Wie ich dir schon gesagt habe: Ich weiß es nicht. Auch da ist er ein Geheimniskrämer. Er sagt nur: Da draußen herrscht Krieg, und ich muss meine Firma beschützen."

„Okay", sagte Blacky, „kommen wir mal zu den entscheidenden Fragen. Warum ist dein Mann verschwunden? Und was hat es mit dieser Story von der Entführung auf sich?"

„Keine Ahnung."

„Um ehrlich zu sein, ich nehm dir das nicht ab. Ich glaube, du weißt mehr, als du mir sagst."

Sie trank erneut einen großen Schluck Rotwein.

„Erst habe ich gedacht, er wäre mit einer seiner Nutten durchgebrannt. Mit so etwas habe ich schon länger gerechnet. Für die Sache mit der Entführung finde ich überhaupt keine Erklärung."

„Könnte das eine Finte sein?"

„Ich weiß es nicht. Er hat am Telefon sehr gehetzt geklungen."

„Aber du hast auch schon daran gedacht?"

„Ja. Vielleicht ist das Teil eines größeren Plans. Ich traue ihm alles zu."

„Was für ein Plan?"

„Er hat immer wieder gesagt, er müsse in diesem Leben noch das ganz große Ding reißen. Richtig Kohle machen. Alles auf den Kopf stellen. Vielleicht hat er jetzt damit angefangen."

„Hast du eine Idee, was er vorhaben könnte?"

„Nein", sagte Manuela Köhler, „ich habe keine Idee. Ich hoffe nur, dass er kein krummes Ding dreht und uns in den Abgrund reißt."

„Du traust ihm alles zu, nicht wahr?"

„Ich traue ihm vieles zu. Aber er liebt seine Tochter. Vielleicht hält ihn das davon ab, eine richtig große Dummheit zu begehen."

„Und was ist mit dir?", fragte Blacky. „Liebt er dich nicht?"

Sie stellte das Glas langsam und behutsam auf den Couchtisch.

„Nimm mich in den Arm", sagte sie. „So wie früher."

„Früher ist vorbei", sagte Blacky. „Schon sehr lange."

„Das ist Quatsch", antwortete sie.

14

Martha Grimm war wie immer zeitig auf den Beinen. Sie hatte im Schwimmbad der Seniorenresidenz diszipliniert ihre Bahnen gezogen, danach abwechselnd heiß und kalt geduscht und allein gefrühstückt. Danach verstaute sie die in Geschirrtücher eingeschlagenen Weingläser in ihrer Handtasche, ließ sich vom Pförtner ein Taxi rufen und fuhr damit zur Mainberger Straße.

Der Beamte auf der Wache der Polizeiinspektion war müde und mürrisch. Doch als er Martha Grimm sah, hellte sich sein Gesicht auf.

„Ja, Frau Hauptkommissarin, was machen Sie denn schon so früh hier?"

„Senile Bettflucht", erwiderte Martha Grimm. „Mich hält nichts auf der Matratze. Ein sehr gefährlicher Ort, wissen Sie?"

„Wieso das denn?"

„Die meisten Menschen sterben doch auf einer Matratze, oder? Da gibt es bestimmt Statistiken."

Der Polizeibeamte lachte dröhnend.

„Sie sind mir schon eine, Frau Grimm. Wo wollen Sie denn hin?"

„Erst mal in die Kantine. Ich brauch dringend 'nen richtigen Kaffee. Bei mir im Endlager schmeckt er einfach nur scheußlich."

„Endlager?"

„Ach, so nenn ich halt mein Altersheim. Offiziell heißt es ja Seniorenresidenz. Aber das ist ein Euphemismus. Wenn Sie verstehen, was ich meine."

Der Polizeibeamte verstand es augenscheinlich nicht, nickte aber zustimmend.

„Sie kennen ja den Weg", sagte er.

„Natürlich. Was ich noch fragen wollte … Ist meine Enkelin schon da?"

„Soweit ich weiß, nicht."

„Gut. Wenn sie zum Dienst erscheint, sagen Sie ihr bitte nicht, dass ich im Haus bin. Sie kann das nämlich nicht leiden."

„Das ist allgemein bekannt", antwortete der Polizeibeamte und grinste breit.

Mit einer ungenierten Selbstverständlichkeit, die sie aus ihrem vermeintlichen Gewohnheitsrecht ableitete, steuerte Martha Grimm die Polizeikantine an. Die meisten, denen sie begegnete, grüßten sie freundlich, einige sagten sogar „Guten Morgen, Oma Martha" zu ihr. In den wenigen Monaten, in denen sie nun in Schweinfurt lebte, war sie so etwas wie das Maskottchen der Polizeidirektion geworden. Außer Kriminaloberkommissarin Kerstin Weiß hatte niemand etwas dagegen, dass die einstige Ermittlerin der Mordkommission in Frankfurt hier ein- und ausging. Manche lächelten zwar hinter ihrem Rücken über unerbetene Ratschläge, aber alle mochten die alte Dame mit den silbernen Locken.

Die Kantine war um diese Zeit stark frequentiert. Zu ihrer Freude entdeckte Martha Grimm an der Selbstbedienungstheke den jungen Kriminalkommissar Lucius Römer, mit dem sie sich inzwischen gut angefreundet hatte.* Er sta-

* In „Schlachtschüsselblut" (Schweinfurter Kriminalroman 7)

pelte gerade mehrere Wurstbrötchen und ein Schüsselchen Fleischsalat auf seinen Teller. Sie eilte auf ihn zu, ignorierte die Warteschlange hinter ihm und flötete:

„Guten Morgen, lieber Lucius. Sie sind aber auch immer im Dienst, nicht wahr?"

Ein bleiches, übernächtigtes Gesicht wandte sich ihr zu.

„So gut wie. Aber na ja … Augen auf bei der Berufswahl, hat mein Vater immer gesagt."

„Er ist bestimmt Lateinlehrer."

„Wie kommen Sie denn darauf?", fragte der Kriminalbeamte erstaunt.

„Na, bei dem Namen. Liegt doch auf der Hand, oder?"

„Nein, falsch geraten, Oma Martha. Er ist Busfahrer. Allerdings war er bestimmt hundert Mal mit Reisegruppen in Rom. Und da hat er diese Namenskombination einfach witzig gefunden."

„Das ist dann fast dasselbe", brummelte Martha Grimm leicht verdrossen. Sie mochte es nicht, wenn sie bei ihren Schlüssen danebenlag.

„Fast", stimmte Lucius Römer begütigend zu. „Wollen Sie auch etwas essen?"

„Allerdings. Gibt es hier Spiegeleier?"

„Man kann sich welche braten lassen."

„Dann will ich zwei Stück. Etwas Pfeffer, wenig Salz. Und die Unterseite leicht angebräunt."

„Aye, aye, Captain", sagte der Kriminalkommissar belustigt. „Kaffee?"

„Schwarz und stark. Wollen wir uns dort hinsetzen?"

Sie deutete auf einen weit entfernten Tisch im hintersten Winkel der Kantine.

„Sie wollen etwas von mir, Oma Martha?", fragte Lucius Römer misstrauisch.

„Wie kommen Sie denn darauf?"

„Weil Sie mich mal wieder in eine konspirative Situation bringen möchten. Deswegen hat mich Kerstin mehrfach vor Ihnen gewarnt."

„Die kleine Hexe", murmelte Martha Grimm. „Ach, kommen Sie, lieber Lucius. Es ist nur eine klitzekleine Gefälligkeit, um die ich Sie bitten möchte."

*

„Wir haben schon wieder eine Leiche", triumphierte Sören.

Er war ins Studio gestürmt und hatte sich vor Blacky aufgebaut wie ein Boxer vor Beginn der ersten Runde, kampfeslustiges Blitzen in den Augen.

Blacky löste sich widerwillig aus seinem morgendlichen Tagtraum. Gerade ging *Love is in the Air* über den Sender, danach würde *Yesterday* folgen. Zwei Titel hintereinander, die ihm zum Hals heraushingen, und die er trotzdem mochte. Manchmal. Heute schon.

„Mach die Fliege", knurrte er. „Wir sehen uns nach der Morningshow bei Olaf. Ich denke, dein letzter Tag bei Main-Radio ist angebrochen. Du treibst hier nicht länger dein Unwesen."

„Aber wir haben eine Leiche", wiederholte Sören. „Und ich fahr jetzt zu ihr."

„Du fährst nirgends hin."

„Patricia hat es erlaubt. Sie ist die Chefin vom Dienst."

Blacky zuckte resigniert mit den Schultern.

„Was ist denn überhaupt los?"

„In dem Park mit diesem komischen Namen wurde die Leiche einer Frau gefunden."

„Welcher Park, Fischkopf?"

„Kann ich nicht aussprechen. Irgendwas Französisches."

„Châteaudun-Park?", fragte Blacky und ließ die nasale Endung demonstrativ summen.

„Ja. Solche bescheuerten Namen gibt es bei uns in Wilhelmshaven nicht."

„Ihr habt dort ja auch keine Kultur."

„Ach, sei bloß ruhig. Jedenfalls kam das eben als Eilmeldung rein. Mehr weiß ich noch nicht. Ich checke die Lage vor Ort und melde mich dann über Handy, falls ich etwas in Erfahrung bringen konnte."

„Aber nur lupenreine Fakten", sagte Blacky. „Keine Spekulationen. Verstanden?"

„Klar wie Fischbrühe", versprach Sören. „Kannst dich auf mich verlassen."

Er wirbelte aus dem Studio, und Blacky setzte missmutig den Kopfhörer auf. Es war Zeit für den Wetterbericht. Und der kündigte eine Kaltfront und für den späten Nachmittag den ersten Schnee des Winters an.

*

Kriminalkommissar Lucius Römer nahm die in Geschirrtücher eingewickelten Weingläser, die Martha Grimm aus ihrer großen, altmodischen Handtasche gekramt hatte, recht widerwillig in Empfang.

„Also, gern mache ich das jetzt nicht, Oma Martha", meinte er leise und sah sich vorsichtig nach allen Seiten um. „Es verstößt eigentlich gegen die Dienstvorschriften."

„Ach, Dienstvorschriften, Lucius", flüsterte Martha

Grimm verschwörerisch. „Die muss man großzügig auslegen. Glaub mir, das habe ich mein ganzes Berufsleben so gehalten."

„Das kann ich mir vorstellen. Na ja, ich habe einen guten Draht zu einem Kollegen von der Kriminaltechnik. Er wird mir sicher den Gefallen tun. Allerdings kann es ein paar Tage dauern, bis wir ein Ergebnis haben."

„Ja, ich weiß", seufzte Martha Grimm. „Und das ist dumm. Ich fliege übermorgen nämlich auf die Kanaren. Weihnachtsurlaub bei meiner Tochter. Wenn die Laboruntersuchung so ausfällt, wie ich es erwarte, bin ich nicht da, um die Sache weiterzuverfolgen."

„Bisher ist ja alles nur ein vager Verdacht", sagte Lucius Römer.

„Alles in allem ein begründeter Verdacht", korrigierte sie ihn.

„Wie dem auch sei … Sollten tatsächlich Spuren von giftigen Substanzen gefunden werden, können Sie in der Sache doch sowieso nicht auf eigene Faust ermitteln. Dann muss ich die Angelegenheit sofort an die Mordkommission übergeben."

„Ist mir klar", brummte Martha Grimm. Sie traktierte verdrossen mit dem Messer den letzten Rest ihrer Spiegeleier. „Und dann ernten Hauptkommissar Bayer und meine Enkelin die Lorbeeren. Aber jetzt sagen Sie bloß nicht den Standardsatz, dass ich nicht mehr im Dienst sei. Einmal Polizistin, immer Polizistin."

„Weiß ich doch, Oma Martha", erwiderte der junge Kriminalkommissar sanft. „Wenn Sie zur Aufklärung eines Falles etwas beitragen, wird Ihnen niemand böse sein."

„Haben Sie eine Ahnung, lieber Lucius. Sie zum Beispiel wird dann sehr böse."

Martha Grimm zeigte anklagend mit dem Finger auf Kriminaloberkommissarin Kerstin Weiß, die soeben die Kantine betreten hatte.

„Okay", sagte Lucius Römer. „Ich muss dann mal wieder zur Arbeit." Er stand hastig auf, versteckte die karierten Geschirrtücher mit den Weingläsern hinter seinem Rücken, nickte Martha Grimm zu und verließ so unauffällig wie möglich die Kantine.

Kerstin Weiß nahm keine Notiz von ihm. Sie hatte Martha Grimm entdeckt und ging geradewegs zu ihrem Tisch. Ihre grauen Augen schienen Funken zu sprühen.

„Oma, was tust du hier?", zischte sie halblaut.

„Ach, Liebes, immer die gleiche Frage. Fällt dir denn nicht mal was Neues ein? Ich habe ein zweites Frühstück zu mir genommen. Ja, ich weiß, dass du da etwas dagegen hast. Ja, ich weiß, dass ich deiner Meinung nach hier nichts zu suchen habe. Trotzdem bin ich hier. Willst du mich jetzt verhaften?"

„Es geht nicht um dein Frühstück. Es geht darum, dass du schon wieder Unruhe stiftest. Du warst gestern beim Staatsanwalt und hast wilde Geschichten erzählt."

„Ach, das weißt du schon?"

„Natürlich."

„Und? Wird er etwas unternehmen?"

„Das werde ich dir gerade auf die Nase binden. Ich weiß wirklich nicht mehr, was ich mit dir noch machen soll."

„Bald hast du mich ja los. Ich bin übrigens schon gespannt, was die Kollegen auf Gran Canaria so auf der Pfanne haben. Wann holst du mich am Freitagmorgen ab?"

Bevor Kerstin Weiß antworten konnte, klingelte ihr Handy. Sie warf ihrer Großmutter einen gereizten Blick zu und nahm den Anruf entgegen. Während sie zuhörte, trommelte sie mit den Fingern der linken Hand einen hektischen Rhythmus auf der Tischplatte.

„Na gut", sagte sie schließlich. „Ich komme. Auch wenn ich eigentlich genug anderes zu tun habe."

Sie trennte die Verbindung und beendete das Trommeln.

„Ich muss los", meinte sie. „Und du gehst am besten nach Hause, packst in Ruhe deine Sachen und hältst die Füße still."

„Ich habe schon gepackt. Was war das für ein Anruf? Musst du zu einem Einsatz?"

„Das geht dich gar nichts an."

„Natürlich nicht. Aber ich dachte, vielleicht könntest du mich mit in die Stadt nehmen. Zu Fuß ist es so weit, und ein Taxi ist mir auf Dauer zu teuer."

„Es gibt auch Busse", sagte Kerstin Weiß.

„Ich habe keine Lust, ewig an der Haltestelle zu warten. Weißt du eigentlich, wie alt ich bin?"

„Ja, aber du verhältst dich nicht deinem Alter entsprechend. Das ist das Problem. Also komm mit. Wo soll ich dich rauslassen?"

„Am besten da, wo du hinfährst", sagte Martha Grimm. „Dann hast du keine Umstände."

„Das könnte dir so passen. Ich bring dich lieber heim."

„Ich will aber nicht heim. Nicht ins Heim. Ich will in die Stadt, um noch ein paar Besorgungen zu machen."

Kerstin Weiß überlegte kurz.

„Gut, dann kannst du beim Zeughaus aussteigen. Ist dir das recht?"

„Wenn das auf dem Weg zu deinem Einsatzort liegt, ist es mir natürlich recht.“

Kriminaloberkommissarin Kerstin Weiß gab keine Antwort und wartete ungeduldig, bis Martha Grimm umständlich ihre große, altmodische Handtasche sorgfältig verschlossen hatte.

15

Es war für Sören Eckenstade immer wieder ein besonderer Augenblick, wenn er mit dem Presseausweis wedeln konnte. Diesen Ausdruck hatte er von Blacky übernommen. „Du musst nur mit dem Presseausweis wedeln, dann kommst du überall rein", hatte er ihm am Beginn des Volontariats erklärt und ihm das angebliche Zauberkärtchen mit seinem nicht einmal briefmarkengroßen Konterfei feierlich überreicht. Es war allerdings gar kein hochoffizieller Presseausweis, der überall in der Welt gültig war, sondern nur ein von Main-Radio selbst ausgestellter Pseudoausweis, mit dem man selbst in Schweinfurt manchmal nicht überall reinkam. Trotzdem wedelte Sören gerne damit.

An diesem Morgen zeigte sein Presseausweis überhaupt keine Wirkung. Ein kräftiger Polizeihauptmeister trat ihm in der Neutorstraße in den Weg, gab sich völlig unbeeindruckt von dem bunten Kärtchen und sagte: „Hier kommt vorerst keiner durch. Auch nicht die Presse."

Sören spähte über die rotweißen Absperrbänder in den Park hinein. Viel konnte er nicht sehen. Polizeifahrzeuge und Rettungswagen nahmen ihm die Sicht. Auf dem Rasen waren Personen in weißen Schutzanzügen ausgeschwärmt. Das war immerhin ein Hinweis: Die Spurensicherung war vor Ort. Dann entdeckte er den Leiter der Mordkommission, Kriminalhauptkommissar Bayer. Das war ein noch deutlicherer Hinweis: Es schien ein Tötungsdelikt vorzuliegen. Wie immer bei solchen Gelegenheiten war Sören sofort hochelektrisiert.

„Ich brauche ein Statement", quengelte er. „Holen Sie mir mal Kriminalhauptkommissar Bayer her."

Der Polizist schüttelte den Kopf. „Keine Chance."

Aus seiner langmonatigen Erfahrung als Journalistenlehrling wusste Sören, dass man mit uniformierten Polizeibeamten nicht weiterkam. Nervös schaute er sich um. Entlang der Absperrungsbänder hatten sich jede Menge Gaffer aufgereiht. Wahrscheinlich blieb ihm nichts anderes übrig, als sein Mikrofon zu zücken und unter ihnen eine kleine Umfrage durchzuführen. Er tat das nicht gerne. Erstens kam nie viel dabei heraus, wenn man einen maulfaulen Schweinfurter zu etwas befragte; und zweitens verstand er meistens sowieso nichts, weil ihm die groben Feinheiten des hiesigen Dialekts immer noch nicht zugänglich waren.

Doch schon die erste Frau, die er nach ihrer Meinung befragte, erwies sich als erstaunlich redselig und konnte sich halbwegs verständlich ausdrücken.

„Na, nach allem, was man so hört, is die Frau, die da im Park liegt, tot und von 'nem Flüchtling aus'm Islam erstoch'n wor'n. Jetzt sind wir net ämal in Schweifert mehr sicher. Und daran is nur die Merkel schuld …"

Sören drückte heimlich die Pausentaste seines Aufnahmerecorders und ließ die Frau weiterschwadronieren. Solche Tiraden wurden von Main-Radio grundsätzlich nicht gesendet, es war deshalb sinnlos, sie aufzuzeichnen. Außerdem mischten sich ungefragt nun auch noch andere Gaffer mit ein, die Meinungen wurden immer abstruser und militanter. Als einer schließlich für den Mörder lauthals die Todesstrafe forderte – „an die Wand g'stellt g'hört der wie damals beim Adolf“ –, wurde es Sören zu bunt.

„Ich hab keine Lust mehr, mir solchen Blödsinn anzuhören“, sagte er, seine Stimme klang dabei sehr norddeutsch. Gejohle und Gelächter folgten, jemand schrie „Scheißpreußn“, ein anderer begann „Lügenpresse!“ zu skandieren. Sören entschied sich für einen demonstrativen Rückzug und drängte sich durch die Menge zu seinem Fahrrad. Dort angekommen sah er, wie Kriminaloberkommissarin Kerstin Weiß aus einem blauen Dienstaudi stieg. Rasch ging er auf sie zu und stellte sich ihr in den Weg.

„Können Sie mir vielleicht was sagen?“, fragte er keck.

„Nö“, antwortete Kerstin Weiß.

„Und warum nicht?“

„Hör mal zu, mein Junge“, giftete die Kriminaloberkommissarin los, „du glaubst doch nicht im Ernst, dass ich dir nach dem unfassbaren Mist, den du gestern verzapft hast, noch jemals irgendetwas stecken werde. Du hast so was von verschissen, und jetzt troll dich, bevor ich so richtig böse werde.“

Sie schob ihn beiseite, schlüpfte unter dem Absperrband durch und eilte über den Rasen des Châteaudun-Parks zu Hauptkommissar Wolfram Bayer hinüber. Sören hatte einen hochroten Kopf bekommen und öffnete verdrossen sein Fahrradschloss. Dann hörte er hinter sich eine vertraute Stimme.

„Sören, mein Junge. Wie schön, dich hier zu treffen.“

Er drehte sich um. Martha Grimm stand da und strahlte ihn mit ihrem großmütterlichen Lächeln an. Sofort ging es ihm um einiges besser. Sie war der einzige Mensch in ganz Schweinfurt, von dem er sich wirklich gemocht fühlte. Oma

Martha machte nie ein Hehl daraus, wie sehr sie ihn ins Herz geschlossen hatte, und es graute ihm vor den Monaten, die sie nun auf Gran Canaria verbringen würde. Ohne sie würde der Winter im grässlichen Schweinfurt noch länger und kälter werden.

„Oma Martha, was machst du denn hier?“

„Was ich hier mache? Na, das ist doch ein Tatort, oder?“

„Wahrscheinlich schon.“

„Natürlich. Was denn sonst? Meine Enkelin wollte mich zwar hinters Licht führen, aber ich bin ja nicht doof. Am Zeughaus hat sie mich rausgeschmissen, doch ich hab's von dort förmlich hören können, wo die Musik spielt. Gibt es schon erste Erkenntnisse?“

„So gut wie keine. Heute morgen soll im Park die Leiche einer Frau gefunden worden sein. Die Bullen lassen niemand näher ran.“

„Hüte deine Zunge, mein lieber Junge. Dieses Wort mag ich gar nicht.“

„'tschuldigung“, murmelte Sören. „Ich vergesse halt immer, dass du auch dazugehört hast.“

„Ich gehöre immer noch dazu“, sagte Martha Grimm. „Einmal Polizistin, immer Polizistin.“

16

Zur Redaktionskonferenz von Main-Radio Schweinfurt um zehn Uhr erschien der Redaktionsleiter Olaf Röder an diesem Tag erstaunlich pünktlich. Schon seit einigen Wochen hüpfte er jedes Mal geradezu durch die Tür, weil er offensichtlich zeigen wollte, wie gut er nach seinem Sportunfall am Baggersee im vergangenen Sommer nun wieder auf den Beinen war. In seinem Schlepptau nach wie vor Valeria, die Praktikantin des Senders, die auf eine besonders lange Verweildauer zurückblicken konnte. Normalerweise dauerte ein Praktikum bei Main-Radio höchstens vier Wochen, Valeria hatte es nun schon auf mehrere Monate gebracht. In dieser Zeit hatte sie den invaliden Redaktionsleiter dem Vernehmen nach auf seinen Leidensstationen im Krankenhaus Schloss Werneck und in der Rehaklinik in Bad Kissingen hingebungsvoll betreut. An diesem Vormittag trug sie eine finstere Miene zur Schau und zog eine Schnute wie die berühmte beleidigte Leberwurst.

„Wir beginnen gleich mal mit einer Personalie“, sagte Olaf Röder. „Valeria wird uns mit Beginn der Weihnachtsferien verlassen und sich weiter um die Fortentwicklung ihrer beruflichen Karriere kümmern. Mit Jahresbeginn kommt dann eine neue Praktikantin zu uns. Sie heißt Verena und wird von mir persönlich ausgebildet. Ich nehme an, es gibt keine Fragen dazu.“

„Doch", meldete sich Blacky zu Wort. „Warum stellst du eigentlich keine männlichen Praktikanten mehr ein? Diese Verena wird jetzt die fünfte Praktikantin in Folge sein."

Olaf Röder sah ihn nachdenklich an.

„Was willst du damit sagen?", fragte er.

„Gar nichts. Ich meine nur, es fällt halt auf. Irgendwie …"

„Aha. Ist das außer Blacky noch jemand aufgefallen?"

„Na ja … schon." Patricia, die Chefin vom Dienst, schaute ihren Notizblock an, während sie sprach. „Es gibt da auch Gerüchte in der Stadt …"

„Gerüchte? Welche Gerüchte?"

„Dass du dich schon sehr um unsere Praktikantinnen kümmerst."

„Ja und? Ist das etwa verwerflich?"

„Nein, natürlich nicht. Aber angesichts der aktuellen Debatte …"

„Welcher aktuellen Debatte denn?"

„Olaf", sagte Blacky behutsam, „das weißt du ganz genau. Die alten Zeiten sind vorbei."

Olaf Röders Gesichtszüge waren hart und abweisend geworden.

„Na gut", presste er hervor. „Dann wird sich eben Patricia um die neue Praktikantin kümmern. Mir auch recht. Weiter im Programm. Was steht an?"

„Heute morgen wurde eine weibliche Leiche im Châteaudun-Park gefunden", sagte Patricia. „Sören war schon vor Ort."

„Und?"

„Die Polizei hat alles abgesperrt", erklärte Sören. „Sie geben keine Auskunft. Aber die Mordkommission ist da.

Also wird man wohl von einem Tötungsdelikt ausgehen können."

„Vorsicht", mahnte Blacky. „Lehn dich nicht schon wieder zu weit aus dem Fenster."

„Was soll das heißen?", fragte Olaf Röder.

„Ja, darüber müssen wir reden", meinte Blacky. „Unser Volontär Sören hat gestern nachmittag in seinem unerträglichen Übereifer einen Riesenbock geschossen." Er berichtete knapp vom Ereignis auf dem Weihnachtsmarkt und von Sörens wilden Mutmaßungen über vergifteten Glühwein.

„Ja und?", sagte Olaf Röder.

„Ja und? Also, das ist ja wohl ein kapitaler Fehler gewesen. Ein Fehler, den wir uns als seriöser Sender nicht leisten können. Wir machen hier doch keinen Revolverjournalismus."

„Wir haben es sofort dementiert", warf Patricia ein.

„Es hätte überhaupt nicht passieren dürfen. Und es ist ja nicht der erste Hammer, den Sören sich geleistet hat. Ich finde, Olaf, du solltest allmählich über die berufliche Zukunft dieses Volontärs nachdenken."

„Er mobbt mich", zeterte Sören. „Er mobbt mich andauernd."

„Jetzt mal langsam", sagte Olaf Röder. „Was hat Sören denn Verwerfliches getan?"

„Wenn du das nicht weißt", maulte Blacky.

„Er hat", fuhr der Redaktionsleiter fort, „unseren Hörern eine spannende Geschichte erzählt. Spannende Geschichten wollen unsere Hörer hören. Das erhöht die Quote. Und eine hohe Hörerquote bringt uns mehr Werbekunden. Mehr Werbekunden bringen mehr Geld. Davon leben wir alle. Das ist nun mal unser Business. Sören hat also alles richtig gemacht."

„Das ist aber jetzt nicht dein Ernst", protestierte Blacky. Eine Vision schwebte vor seinem inneren Auge vorüber: Wie er mit der Faust auf den Tisch haute, „Ich kündige!" rief und heute noch diesen Sender und diese Stadt verließ. Er wartete, ob ihm die Vision auch ein Ziel zeigen würde.

„O doch", sagte Olaf Röder. „Und wir bleiben an dieser Sache dran. Sören, du übernimmst das. Und auch die Geschichte mit der Frauenleiche im Park."

„Yes, Sir", erwiderte Sören und warf Blacky einen hämischen Blick zu.

Blacky sah, wie die Vision entschwebte und als Seifenblase zerplatzte. Danach fühlte er sich plötzlich unendlich müde und ausgebrannt. Er beschloss, den vor ihm liegenden Winternachmittag einfach im Bett zu verbringen und am Stück eine der vielen Serien zu gucken, die er in seinen Regalen gehortet hatte. Ein guter Plan, um Schweinfurt wenigstens auf diese Weise zu entfliehen.

„Diese Frau vom Weihnachtsmarkt", sagte Olaf Röder. „Ist die Todesursache denn schon bekannt?"

„Noch nicht", antwortete Patricia. „Ihre Leiche wird heute vormittag obduziert. Die neue Pressesprecherin der Polizei hat versprochen, uns das Ergebnis sofort mitzuteilen, wenn die Staatsanwaltschaft es freigegeben hat."

„Neue Pressesprecherin?" Blacky tauchte aus den Tiefen seiner Lethargie hoch zur grellen Oberfläche der Realität. „Seit wann?"

„Seit gestern. Polizeikommissarin Kristin Damme."

„Ah ja. Und warum weiß ich da nichts davon?"

„Ich dachte, du hast deine eigenen Verbindungen", sagte Patricia spitz. „Außerdem weißt du es ja jetzt."

„Wir müssen Schluss machen", befahl Olaf Röder. „Ich

habe einen Termin und danach Mittagessen mit ein paar Bossen aus der Großindustrie. Da gehen besorgniserregende Dinge vor sich, sag ich euch."

„Echt?", fragte Sören neugierig.

„Ja. Ist noch alles schwer geheim. Aber Schweinfurt ist mal wieder der Mittelpunkt des Universums."

17

Blacky verließ den Sender beleidigt und erzürnt. Wann ist das Maß eigentlich voll, fragte er sich. War er wirklich nicht mehr als ein Lakai, der unberechenbaren Laune Olaf Röders ausgesetzt, der ihn nun sogar schon vor einem Volontär auflaufen ließ? Oder war er einfach nur zu empfindlich? War das alles nicht viel mehr als die ganz normale Härte des Lebens, die den besonders traf, der den Hintern nicht hochbekam? Seit Jahren schob er vage Pläne vor sich her, Schweinfurt zu verlassen, sein Talent und seine Stimme anderswo besser zu verkaufen, dem Leben einen bunteren Anstrich zu geben, so etwas wie eine echte Karriere hinzulegen. Aber irgendetwas hielt ihn hier fest, als ob er Blei in den Taschen hätte. Und immer öfter beunruhigte ihn die Erkenntnis, dass es längst zu spät war. Es sprach inzwischen alles dafür, dass Schweinfurt sein Schicksal war. Ein Schicksal, mit dem er sich abfinden sollte. Aber wäre das dann nicht die Bankrotterklärung des Lebens?

Er zwängte sich in seinen Fiat Barchetta, der ihm heute besonders klein und mickrig vorkam. Auch so ein Thema. Schon vor Monaten hatte er den Kauf eines neuen Autos ins Auge gefasst. Und dann die Idee wieder fallen lassen. Immer häufiger beschlich ihn das Gefühl, dass mit jedem Lebensjahr die Entscheidungsfreudigkeit nachließ und der Hang zum Bewährten zunahm. Wenn es so war, konnte man sich an zehn Fingern ausrechnen, wohin das führen würde. Und wie konnte man diesem Verhängnis entgehen? Manche versuchten es mit Yoga oder gingen zum Therapeuten. Er begnügte sich einstweilen noch mit seiner Gitarre und dem Rotwein am Abend. Elegische Balladen und vollmundige Tropfen beruhigten zwar, halfen aber auch nicht weiter. Vielleicht sollte er doch bald mal seinen Freund Lothar an der irischen Westküste besuchen und sich vom frischen Atlantikwind den Kopf freipusten lassen. An den wenigen Tagen, die er im Sommer dort verbracht hatte,* hatte ihn zwar die Einsamkeit abgeschreckt, aber er hatte auch nie gekannte Weite und Freiheit verspürt. Und dann war da ja noch der Vorschlag von Kerstin, die Weihnachtszeit zusammen in den Bergen zu verbringen. Auch das hätte natürlich seinen Reiz. Je länger er darüber nachdachte, umso mehr gefiel ihm der Gedanke, es anstelle der großen Flucht erst einmal mit kleinen Fluchten zu probieren.

Als er über die Maxbrücke fuhr und die Stadt vor ihm lag, hatte der Gedanke bereits die Umrisse fester Absichten angenommen. Schweinfurt ade. Morgen würde er Olaf Röder davon unterrichten und dessen Moderationsplanung damit über den Haufen werfen. Rache ist süß, dachte Blacky, man sollte sie sich öfter gönnen.

Er stellte die Barchetta auf seinen Parkplatz unter dem Museum und ging die Brückenstraße hoch zum Marktplatz. Der große Glühweinstand vor dem Rathaus war erstaunlich gut besucht. Offenbar war die Mittagspause für viele eine willkommene Gelegenheit, sich einen kleinen Schwips zu holen. Eine durchaus heitere Stimmung schlug ihm entgegen, und als er sich umsah, fiel ihm auf, dass anscheinend ganze Dienststellen der Stadtverwaltung die Gelegenheit

* In „Totengräberspuk“ (Schweinfurter Kriminalroman 5)

zum Schwips nutzten. Wie immer, wenn es darum ging, das Leben zu genießen, war auch der Kulturamtsleiter und Chef des Theaters Rüdiger Krapf anwesend; neben ihm stand Udo Meier, der Stadtarchivar, und tat wie immer durch seine Leichenbittermiene kund, dass er das Leben nicht genießen wollte.

Blacky hatte sich noch keine drei Schritte durch das Gedränge vorwärtsgeschoben, als ein kleiner Mann mit Halbglatze und Hornbrille auf ihn zukam.

„Hallo“, sagte er, „da sind Sie ja. Wir sind verabredet. Ich bin Detlef Kruschke.“

Er sprach genauso leise wie am Telefon; eine Art Flüstern, das kaum durch das Stimmengemurmel ringsum drang.

Blacky hatte sich den Mann aus der Sicherheitsbranche als eine Art James Bond vorgestellt. Jetzt wurde ihm klar, dass es in dessen Job wohl weniger um Fäuste und Pistolen ging, sondern eher um Strategien und Fäden, die im Hintergrund gezogen wurden.

„Sie kennen mich ja tatsächlich“, sagte er.

„Aber natürlich. Schweinfurt ist eine überschaubare Stadt. Und es gehört zu meinen Aufgaben, alle wichtigen Personen zu kennen.“

„Seit wann bin ich wichtig?“, fragte Blacky. Eigentlich eine überflüssige Frage, aber er war auf die Antwort gespannt.

Detlef Kruschke lachte. Sein Lachen war lauter als sein Sprechen.

„Sie sind ein Medienmann. Also schon einmal per se wichtig. Und dann haben Sie ja in letzter Zeit die Angewohnheit entwickelt, Ihre Nase überall reinzustecken und der Polizei Konkurrenz zu machen. So etwas spricht sich in unseren Kreisen herum.“

„Interessant“, sagte Blacky. „Was Sie alles wissen.“

„Ich weiß noch mehr. Zum Beispiel, dass sogar die Amis Dossiers über Sie haben.“

„Die Amis? Die CIA, oder was?“

„CIA, NSA, das ganze Spektrum. Schöne Grüße übrigens von Bill Jenkins.“

„Ach, tatsächlich? Den kennen Sie auch?“

„Aber natürlich. Der gute alte Bill. Er hat Sie als ziemlich clever beschrieben.“*

Blacky fühlte sich jetzt selbst kurz als James Bond, dann erkannte er Detlef Kruschkes Taktik: Er wollte ihn aufwerten und vereinnahmen, um dann möglichst viel aus ihm herauszuholen. Also würde er äußerst vorsichtig agieren müssen, denn auf jeden Fall hatte der kleine Kerl mit der Halbglatze ziemlich viele Asse im Ärmel.

„Wo ist der gute alte Bill denn jetzt?“, fragte er.

„Im Nahen Osten. Dort, wo es brennt. Trinken wir einen Glühwein?“

„Ich glaube, ich bleibe heute lieber bei einer Cola.“

Detlef Kruschke lachte jetzt noch lauter.

„Angst, dass der Glühwein vergiftet sein könnte? Da habt ihr übrigens ein schönes Gerücht in die Welt gesetzt.“

„Wir haben es sofort wieder dementiert.“

„Hat aber nicht viel geholfen. Wenn so etwas erstmal im Umlauf ist, zieht es seine Kreise. Die Deutschen allgemein sind ein Volk von Hasenfüßen, und die Schweinfurter im besonderen bauschen gern alles auf. Es wird doch einiges gemunkelt über die Frau, die gestern hier tot umgefallen ist. Unsere liebe Kerstin sollte sich beeilen, mit dem Obduktionsergebnis herauszukommen, bevor der Glühweinabsatz

* Bill Jenkins spielt in „Karfreitagszauber“ (Schweinfurter Kriminalroman 2) und „Walpurgisnacht“ (Schweinfurter Kriminalroman 3) eine wichtige Rolle.

in den Keller geht. Wär doch schade um unseren schönen Weihnachtsmarkt."

Blacky war durchaus beeindruckt. Der undurchsichtige Mann schien über alles bestens informiert zu sein. Bemerkenswerterweise bestellte auch Detlef Kruschke nur eine Cola und steuerte damit einen der rustikalen Holzstehtische an. Er nahm einen tiefen Schluck und sagte dann leise:

„Gut, kommen wir zur Sache. Reden wir über Andreas Köhler."

*

Verhandlungsfreie Tage bedeuteten für den Richter am Amtsgericht Martin Krass Aktenstudium und juristische Detailarbeit. Er hatte gerade damit begonnen, die schriftliche Begründung für ein Urteil zu diktieren, das er eine Woche zuvor gefällt hatte, als an seine Zimmertür geklopft wurde. Unwillig schaltete er das Diktiergerät ab.

„Ja bitte?"

Staatsanwalt Thorsten Storg trat ein. Er hatte ein gerötetes Gesicht, was die beiden Schmisse auf seiner linken Wange als fahle Kerben erscheinen ließ.

„Neuigkeiten", sagte er. „Diese Rumänin … du weißt schon …"

„Ja", sagte Martin Krass und sah nur kurz von seiner Akte hoch, „hast du schon etwas unternehmen können?"

„Hat sich erledigt. Sie ist tot."

„Wie bitte?"

Martin Krass drehte den Bürostuhl vom Schreibtisch weg und wandte dem Staatsanwalt seine ganze Aufmerksamkeit zu.

„Erschossen. Aus kurzer Distanz wurde ihr zweimal in

den Hinterkopf geballert. Großkalibrige Pistole. Sie liegt in dem Park neben dem Theater. Ich komm gerade von dort. Es wird übrigens noch saukalt heute."

„Wann ist das passiert?"

„Wahrscheinlich schon gestern abend. Lag wohl die ganze Nacht dort rum. In der Früh wurde die Leiche von einem Passanten entdeckt. Sie hatte ihre Papiere bei sich. Kein Zweifel, es ist deine Angela Gheorgiu."

„Interessant", sagte Martin Krass. „Wie die Dinge manchmal laufen. Gibt es schon Hinweise auf den oder die Täter?"

„Keine. Na ja, sie war ja wohl eine Nutte. Anscheinend ist sie vor ihrem Tod vermöbelt worden. Die Nase ist gebrochen. Deutet auf irgendwelchen Zoff im Milieu hin. Damit hat sich die Geschichte dann wohl erledigt."

„Die Akte kann geschlossen werden", bestätigte Martin Krass. „Sehen wir uns beim Mittagessen?"

„Nö", sagte Thorsten Storg. „Ich muss nach Würzburg in die Rechtsmedizin. Wir haben zwei Autopsien."

„Zwei?"

„Allerdings. Der alte Herr aus dem Seniorenheim und die Tote vom Weihnachtsmarkt. Zweimal Verdacht auf Gift. Wenigstens gibt's da keine grässlichen Wunden zu besichtigen. Der Kopf deiner Rumänin sah übel aus, sag ich dir."

„Wann wird ihre Leiche denn obduziert?"

„Wahrscheinlich erst morgen. Eilt ja nicht so. Die Todesursache ist klar, die Tatzeit dürfte irgendwann gestern abend gewesen sein. Warst du da übrigens zu Hause?"

„Ja. Wieso?"

„Weil du vielleicht sogar die Schüsse gehört haben könntest. Falls kein Schalldämpfer verwendet wurde. Du wohnst doch quasi dem Tatort gegenüber."

„Nein“, sagte Martin Krass. „Ich habe nichts gehört. Ich hatte den Fernseher an.“

„Na denn, wir sehen uns“, sagte der Staatsanwalt und verließ das Richterzimmer. Martin Krass erhob sich und öffnete das Fenster. Kalte Luft schlug ihm von der Rüfferstraße entgegen. Gegenüber leuchtete in den Schaufenstern des *Kaufhofs* die Weihnachtsdekoration. Ihm war plötzlich todübel, und er atmete heftig gegen den Brechreiz an. Es wurde nicht besser. Er rannte aus dem Zimmer und eilte über den Gang Richtung Toilette.

Dort watschelte ihm der Richter am Amtsgericht Gabriel Engel entgegen. Er trug eine knallgrüne Gießkanne vor sich her.

„Ich muss meine Blumen gießen“, säuselte er mit seiner hohen Stimme. Martin Krass gab keine Antwort und drängte sich an ihm vorbei.

„Was ist denn, Herr Kollege Krass?“, rief ihm Gabriel Engel nach. „Ist Ihnen das auf den Magen geschlagen? Kaum haben Sie mal eine Angeklagte freigesprochen, ist sie am nächsten Tag schon tot. Wenn das kein Zeichen des Himmels ist.“

18

„Also“, sagte Detlef Kruschke. „Was ist mit Andreas Köhler?“

So, wie er es sagte, machte er unmissverständlich klar: Jetzt ist der Moment gekommen, wo der Frosch ins Wasser zu springen hat.

„Seine Frau macht sich Sorgen“, erwiderte Blacky. „Ich kenne sie von früher. Sie hat mich um Hilfe gebeten.“

„Seine Frau?“, wiederholte Detlef Kruschke. Er schien etwas anderes erwartet zu haben. „Was wird das jetzt? Sind Sie neuerdings auch als Privatschnüffler tätig, der untreue Ehemänner jagt?“

„Nein. Darum geht es nicht.“

„Sondern?“

„Sie hat Angst, dass er ihre gemeinsame Existenz ruinieren könnte.“

„Dass Andy Köhler ein Spieler ist, weiß doch jeder, der ihn kennt. Was habe ich damit zu tun?“

„Ich möchte einfach noch mehr über ihn erfahren. Um mir ein Bild von ihm machen zu können. Ich will verstehen, wie er tickt.“

Die Augen hinter der Hornbrille schienen Blacky durchbohren zu wollen.

„Nein, nein“, sagte Detlef Kruschke. „Das ist mir zu wenig. Da müssen Sie mindestens noch eine Karte mehr auf den Tisch legen.“

„Okay“, antwortete Blacky. „Andreas Köhler ist verschwunden. Seit vorgestern. Seine Frau ist in heller Aufregung.“

„Verschwunden oder nicht nach Hause gekommen?“

„Macht das einen Unterschied?“

„Natürlich. Das eine wäre normal, das andere dramatisch.“

„Keine Ahnung“, sagte Blacky. „Er ist jedenfalls vorgestern abend nicht nach Hause gekommen und hat sich seitdem nicht gemeldet.“

„Da erstattet man eine Vermisstenmeldung bei der Polizei. Außer es steckt mehr dahinter.“

„Eventuell steckt ja auch mehr dahinter. Manuela erzählt mir vielleicht auch nicht alles. Aber sie hat mich gebeten, ihr zu helfen. Sie will keine Polizei.“

„Interessant“, meinte Detlef Kruschke. „Ich habe natürlich nach Ihrem Anruf auch versucht, ihn zu erreichen. Hat nicht geklappt. In der Firma sagte man mir, er habe ein paar Tage Urlaub genommen. Seine Sekretärin fand das merkwürdig.“

„Was macht er eigentlich bei SKF? Manuela scheint darüber kaum etwas zu wissen.“

„Ich werde Ihnen auch nicht viel sagen. Er ist im Bereich der inneren Sicherheit tätig. Ein sensibler Bereich, über den man nicht spricht.“

„Na denn“, sagte Blacky. „Das hilft mir ja ungemein weiter.“

„Solange Sie nicht alle Karten auf den Tisch legen, können Sie nicht erwarten, dass ich auspacke.“

„Ich weiß nicht mehr“, log Blacky. „Aber ich brauche irgendeinen Anhaltspunkt. Könnte es sein, dass er wegen seiner Spielschulden abgehauen ist? Weil er vielleicht irgendwo in der Kreide steht und jemand sein Geld wiederhaben möchte?“

„Aha.“ Detlef Kruschke sprach plötzlich deutlich lauter. „Jetzt kommt also ein Dritter ins Spiel. Hab ich mir fast gedacht.“

„Das ist nur eine Vermutung. Es kann auch noch ganz andere Gründe geben.“

„Ach, kommen Sie. Seine Frau wird nicht so ahnungslos sein, wie Sie behaupten. Also raus mit der Sprache.“

Blacky zögerte, obwohl er wusste, dass der Sicherheitsmann dieses Zögern registrierte und daraus seine Schlüsse ziehen würde. Er stand bei Manuela im Wort, nichts von dem Anruf ihres Mannes und der angeblichen Entführung preiszugeben. Daran musste er sich halten. Und wahrscheinlich wäre es auch keine gute Idee, Detlef Kruschke in alles einzuweihen. Obwohl dieses *alles* letztlich auch nicht viel war.

„Na ja“, improvisierte er ins Blaue hinein, „Andreas Köhler scheint irgendwie bedroht worden zu sein. Jedenfalls hat er seiner Frau gegenüber solche Andeutungen gemacht.“

„Interessant.“ Konnte es sein, dass Detlef Kruschke diesen billigen Köder schlucken würde? Jedenfalls wirkte er regelrecht begeistert. „Und von wem?“

„Das weiß sie nicht. Ihr Mann ist wohl recht verschwiegen.“

„Hat sie etwas von einer Reise ihres Mannes erwähnt?“

„Einer Reise?“ Blacky begriff, dass es nun haarig werden würde. Sie betraten unbekanntes Terrain. „Sie klagte darüber, dass er viel unterwegs sei.“

„Shanghai?“ Detlef Kruschke warf ihm dieses Wort hin. Er konterte mit einem Köder, der nicht ganz so billig war.

Darauf hereinzufallen und von einer Reise nach China zu fabulieren bedeutete höchstwahrscheinlich, dass das Spiel zu Ende war.

„Nein", erwiderte Blacky geistesgegenwärtig und der Wahrheit entsprechend. „Davon hat sie nichts gesagt."

„Schade." Es war nicht ersichtlich, worauf sich das bezog: auf das Ausbleiben einer Information oder darauf, dass ihm der Bluff nicht gelungen war. Es war Zeit, das blöde Geschachere zu beenden.

„Jetzt sind Sie aber mal dran", sagte Blacky.

„Also gut." Detlef Kruschke nahm umständlich seine Hornbrille ab, so als ob er damit zeigen wollte, dass nun eine andere Sicht auf die Dinge bevorstand.

„Viel kann ich Ihnen aus verständlichen Gründen nicht sagen", begann er. „Nur so viel: Deutsche Unternehmen waren schon immer gefährdet. Großes Know-how, klasse Produkte. Daran war die Welt seit jeher interessiert. Aber das hat sich dramatisch zugespitzt. Die Söhne des Himmels aus dem großen Reich der Mitte haben nämlich ihre gelben Finger nach allem ausgestreckt, was sie kriegen können. Es begann damit, dass chinesische Praktikanten in unseren Firmen unauffällig USB-Sticks bei sich trugen und jede Information speicherten, deren sie habhaft werden konnten. Dann wurden die Laptops von Managern, die auf Geschäftsreise in China waren, mit Spionagesoftware infiziert. Doch das war nur der Anfang. Mittlerweile haben wir ganz andere Dimensionen erreicht. Aber das ist Ihnen ja alles klar, oder?"

„Schon", sagte Blacky. „Ich lese täglich Zeitung."

„Zeitungen." Detlef Kruschke spuckte das Wort verächtlich aus. „Die haben doch keine Ahnung, was wirklich vor sich geht. Überall auf diesem Planeten knallt es, aber der eigentliche Kampf findet unter der Oberfläche statt. Es ist der größte Eroberungskrieg der Weltgeschichte. Und die meisten bekommen davon gar nichts mit. Sollen sie auch nicht. Würde nur Unruhe stiften. Dabei sind wir längst auf verlorenem Posten. Männer wie Andreas Köhler und ich kämpfen auf verlorenem Posten. Denn die eigenen Leute fallen uns in den Rücken und laufen zum Feind über. Ganz diskret, ganz leise. Die Gangster in ihren Maßanzügen, die überall in den oberen Etagen sitzen, verraten alles: ihre Unternehmen, unsere Wirtschaft, unser Land."

Blacky dachte an seine missmutigen Gedanken über das kleine Schweinfurt und die große weite Welt. Und an Olaf Röders Gemunkel über besorgniserregende Dinge in der Großindustrie und seinen großmäuligen Satz, Schweinfurt sei mal wieder der Mittelpunkt des Universums.

„Können wir darüber mal ein Interview machen?", fragte er.

Detlef Kruschke lachte lauthals.

„Nicht mit mir. Da müssten Sie schon in den Chefetagen nachfragen. Aber vergessen Sie's. Sie werden keine Antwort bekommen."

„Und Andreas Köhler war auch in China? In Shanghai?"

„Mehrfach."

„Ist er auch übergelaufen?"

„Keine Ahnung. Vielleicht ist er zwischen die Fronten geraten. Ich werde mal in diese Richtung meine Fühler ausstrecken. Und Sie lassen die Finger davon. Machen Sie bloß keine Pferde scheu. Wenn ich etwas erfahre, das der guten Frau weiterhilft, melde ich mich. Und Sie informieren mich sofort, falls es ein Lebenszeichen von Andy Köhler gibt. Einverstanden?"

„Ja", sagte Blacky. „Einverstanden."

Ihm schwirrte der Kopf, er hatte das dringende Bedürfnis nach einem langen Mittagsschlaf. Draußen auf dem Marktplatz verspürte er die ersten Anzeichen der angekündigten Kaltfront. Auf dem Weg zum Zürch klingelte sein Handy.

„Hallo, Blacky", sagte die Stimme von Martha Grimm. „Ich muss dich unbedingt sprechen. Am liebsten gleich. Hast du Zeit? Ich bin bei *Viva Porcellino*. Kommst du auch dahin?"

19

Als Martin Krass in sein Richterzimmer zurückgekehrt war, ging es ihm nicht viel besser. Die Übelkeit hatte er sich aus dem Leib gekotzt, aber nun hatte ihn ein heftiger Schwindel erfasst. Plötzlich war das Büro von dem gräulichen Nebel erfüllt, den er gestern abend in seinem Wohnzimmer gesehen hatte. Und auch der Gestank schien da zu sein, dieser hässliche Gestank, der ihm Ekel verursachte. Einen Ekel, wie er ihn nie im Leben verspürt hatte.

Wie stolz war er doch bisher auf dieses Leben gewesen. Es war ihm nicht an der Wiege gesungen worden, dass er es so weit bringen würde. Im Gegenteil. Dort waren andere Lieder erklungen, Lieder in dieser hässlichen, gemeinen Sprache, die er verabscheute. Einer Sprache, die seine große Familie und den weitverzweigten Clan zusammenhielt, von der übrigen Gesellschaft abschottete und als geheim galt. Eine Sprache und eine Lebensweise, die einen zum Außenseiter machten - doch das war ihm erst später aufgegangen. Als kleines Kind hatte er sich in der Welt des Fahrenden Volkes wohlgefühlt, hatte nichts anderes gekannt als das bunte, laute Treiben auf den Rummelplätzen und Jahrmärkten. Seine Eltern waren Schausteller, die eine Geisterbahn und ein Kettenkarussell betrieben, eigentlich war sein Weg damit vorgezeichnet. Mit Beginn der Schulpflicht kam er wie üblich in ein bestimmtes Internat im Schwarzwald, in dem er zwar weitgehend unter seinesgleichen war, aber zum ersten Mal wahrnahm, dass es ein vielfältiges Leben außerhalb seiner vertrauten Welt gab. Das faszinierte ihn zunehmend, und es begann ein jahrelanger Prozess der Entfremdung. Seine Wurzeln erschienen ihm nun suspekt, die Grellheit eines Rummelplatzes stieß ihn ab, die Schulferien wurden zur Qual. Er weigerte sich, Jenisch zu sprechen, verschleierte seine Herkunft, so gut es ging, und wollte mit etwa fünfzehn Jahren die Brücken zu seinem Volk ganz abbrechen.

Doch das erwies sich als nahezu unmöglich. Er provozierte einen heftigen Konflikt in der Familie und im Clan, der seitens seiner Eltern zu Tränen und Kummer führte; von den vielen Onkeln und Großonkeln hagelte es Verwünschungen und Drohungen. Im Lauf der Jahre gelang es ihm, sich freizuschwimmen und zu distanzieren, aber im Hintergrund schwelten stets die archaischen Vorstellungen und Regeln einer verschworenen Gemeinschaft. Er begriff, dass er sich wahrscheinlich nie ganz davon würde lösen können. Zumindest solange seine Eltern lebten, war er dazu verurteilt, immer wieder in diese Welt zurückzukehren.

Bei all dem hatte Martin Krass immer seinen Freund Andy Köhler an seiner Seite gewusst. Sie waren seit Kindestagen die berühmten unzertrennlichen Freunde gewesen, hatten Streiche miteinander ausgeheckt und jeden Schabernack getrieben; sie besuchten zusammen das Internat im Schwarzwald und kamen im wesentlichen zur gleichen Erkenntnis: Rummelplätze und Geisterbahnen waren etwas Bescheuertes, es musste im Leben noch etwas anderes geben. Gemeinsam machten sie sich auf die Suche danach.

Auch wenn sie wie Pech und Schwefel zusammenhielten, waren sie in vielerlei Hinsicht der pure Gegensatz. Andy war clever und gerissen, handfest und ein materiell eingestellter Praktiker mit dem Hang zur Leichtfüßigkeit. Er selbst war ein sensibler, nervöser Klugscheißer, der gern abstrakten Theorien nachging und zu einer tiefgründigen Rechthaberei neigte. Andy konnte jede Fünf gerade sein lassen. Er dagegen war ein Pedant allerersterster Güte. Was Mädchen anging, hatte Andy überhaupt keine Berührungsängste. Er aber wurde schon rot, wenn er nur einen nackten Oberschenkel oder einen Bauchnabel sah.

Zwar hatte auch Andy Köhler die Entscheidung getroffen, einen anderen Lebensweg zu gehen, doch anders als Martin Krass stellte sein Freund den Kontakt zum Volk der Jenischen keineswegs in Frage. Er war ohne Vater aufgewachsen, liebte seine Mutter abgöttisch und trieb sich auch nach ihrem Tod immer wieder im altvertrauten Milieu herum. Mit Ach und Krach hatte Andy die Mittlere Reife geschafft und war zunächst zur Polizei gegangen, weil er damals meinte, in einer Uniform könne er den Menschen und den Frauen am meisten imponieren. Er selbst machte Abitur, studierte in Würzburg Jura und trat nach dem Referendariat in den Justizdienst ein, wurde Staatsanwalt und schließlich Amtsrichter. Seiner Ansicht nach konnte man kaum rigoroser auf Abstand zu seiner Vergangenheit gehen. Er machte die Härte des Gesetzes zu seinem Lebensinhalt, schlug einen weiten Bogen um das Schweinfurter Volksfest und den Weihnachtsmarkt und wurde immer noch rot, wenn ihm eine Frau zu nahe kam.

Dieser Lauf der Dinge änderte allmählich die äußerlichen Umstände der Verbindung zwischen ihm und Andy Köhler, berührte aber den Kern ihrer Freundschaft nie. Zwar hörten sie oft monatelang, später mitunter jahrelang kaum etwas voneinander, doch es blieb zwischen ihnen alles so, wie es immer gewesen war: Freunde wie sie waren nach den alten Sitten und Gebräuchen des Fahrenden Volkes wie Brüder, die ein Leben lang füreinander einzustehen hatten. Daran gab es nichts zu rütteln und zu deuteln. Und bis gestern abend hatte Martin Krass diesen Kodex auch nie in Frage gestellt. Er war für ihn ebenso gültig wie das Bürgerliche Gesetzbuch und die Strafprozessordnung. Doch innerhalb weniger Stunden hatte er begreifen müssen, dass ein Mann, dem das Wasser bis zum Hals stand, eine solche Freundschaft aufs Spiel setzen konnte. Das war eine bittere Lektion gewesen.

Schon wieder wurde an seine Tür geklopft. Verärgert rief er: „Ja, herein!“

Zu seiner Verwunderung war es Rechtsanwalt Okan Demir, der mit sehr ernstem Gesicht hereinkam. Er hatte einen Briefumschlag in der Hand.

„Entschuldigen Sie, dass ich störe“, sagte er.

„Schon gut. Sie hätten sich aber ruhig vorher telefonisch anmelden können“, erwiderte Martin Krass gespreizt. Anwälte, die in Richterzimmern aufkreuzten, bedeuteten selten etwas Gutes.

„Ich weiß. Aber ich wollte Ihnen nur dieses Schreiben aushändigen.“

„Warum geben Sie es nicht in der Geschäftsstelle ab? Es muss doch sowieso erst mit dem Eingangsstempel versehen werden.“

„Ich glaube nicht, dass dieses Schreiben jemand außer Ihnen zu Gesicht bekommen sollte.“

Okan Demir streckte den Arm aus und hielt ihm den Brief fast unter die Nase.

„Herr Rechtsanwalt, ich muss sagen, dass dies ein sehr unübliches Procedere ist“, erklärte Martin Krass pikiert.

„Mag sein. Aber es geht auch um eine sehr delikate Sache“, erwiderte der Anwalt. „Lesen Sie. Es sind die Worte einer Toten.“

20

Lustlos bummelte Blacky zurück zum Marktplatz und dann durch die Metzgergasse zur Judengasse. Es war, als würde schon die Dämmerung einsetzen, Schnee lag in der Luft. Der Mittagsschlaf wäre ihm lieber gewesen, doch Martha Grimms Stimme und ihre Angewohnheit, sofort nach einer vehementen Forderung einfach aufzulegen, hatte jeden Widerspruch unmöglich gemacht. Also war er widerwillig umgekehrt und hoffte, dass ihn die alte Dame nicht allzu lange in Beschlag nehmen würde.

Bei *Viva Porcellino* brummte das Mittagsgeschäft. Joe, der tätowierte Barista, hatte alle Hände voll zu tun. Die Faema E 61 ratterte und zischte, die altmodische Registrierkasse klingelte in einem fort. Wieder einmal sinnierte Blacky darüber nach, ob er nicht besser auch Kaffeebrauer hätte werden sollen. Barkeeper war er schließlich schon mal gewesen; wer Cocktails mixen konnte, würde auch einen anständigen Espresso hinbekommen. Würde, hätte, könnte … Diese drei Wörtchen wurden allmählich zur fixen Idee …

„Hey, Detektiv“, rief ihm Joe durch den Trubel zu, „bist du schon am Ermitteln? Eine Leiche im Park, krass, oder?“

„Bin ich nicht dafür zuständig“, sagte Blacky und sah sich nach Martha Grimm um. Sie saß in der hintersten Ecke an einem der kleinen Tische und winkte ihm zu.

„Schön, dass du gekommen bist“, rief sie. „Joe wird dir

gleich einen Cappuccino bringen. Der geht auf meine Rechnung. Möchtest du auch ein Stück Kuchen?"

„Nein, danke", sagte Blacky und setzte sich zu ihr. „Ich muss auf jede Kalorie achten."

„Ach, Kerstin nimmt dich auch so", sagte Martha Grimm fröhlich. „Obwohl sie natürlich extrem sportlich ist. Sie geht jeden zweiten Tag joggen. Übrigens hat sie mir erzählt, dass ihr früher mal gemeinsam gejoggt habt. Sonntagmorgens in den Wehranlagen."

„Ja, früher", sagte Blacky. „Was sie dir so alles erzählt."

Das gemeinsame Joggen war lange her und hatte blamabel geendet.* Einen weiteren Versuch im frühen Sommer hatte er schon nach fünfhundert Metern aufgegeben. Seitdem hatte er mit Kerstin Weiß nie wieder über dieses Thema gesprochen. Aber er hatte ihre skeptischen Blicke in Richtung seines Bauches durchaus bemerkt. Und wenn sie mit spitzer Ironie in der Stimme „Sportsfreund" zu ihm sagte, fühlte er sich jedes Mal tief getroffen.

„Sie erzählt mir recht viel", sagte Martha Grimm. „Wenn sie denn mal Zeit für mich hat. Und sie spricht gern von dir."

„Ach, wirklich?"

„Aber ja. Du solltest offensiver werden, lieber Blacky. Kerstin mag dieses unverbindliche Getue nicht. Sie will klare Ansagen."

„Das empfinde ich aber oft ganz anders."

„Immer das alte Lied. Warum kapiert ihr Männer bloß die Frauen nicht? Kerstin ist eine Rose mit vielen Dornen, verstehst du? Ein weicher Kern in einer rauen Schale. Sie fährt wie ein Igel ihre Stacheln aus und tut so, als ob sie dich auf Abstand halten will. Und dabei träumt sie von dem Ritter

* In „Karfreitagszauber" (Schweinfurter Kriminalroman 2)

in schimmernder Rüstung, der sie aufs Pferd hebt und mit ihr davonreitet."

„Ich weiß nicht", sagte Blacky. „Das klingt ziemlich altmodisch. Vielleicht war das in deiner Jugend so. Außerdem habe ich kein Pferd."

„Papperlapapp. Frauen sind, wie sie sind. Sie wollen erobert werden. Streng dich an. Wenn ich im Frühling von Gran Canaria zurückkomme, will ich Ergebnisse sehen. Das hab ich Kerstin übrigens auch gesagt."

„Vielleicht", wandte Blacky vorsichtig ein, „solltest du das uns überlassen?"

„Quatsch. Ihr hampelt nur rum, und ich werde euch auf die Sprünge helfen."

„Okay", sagte Blacky. „Wolltest du nur deshalb mit mir sprechen?"

„Nein, natürlich nicht. Ich habe ein ganz anderes Anliegen."

Joe brachte den Cappuccino und hatte unverhohlen seinen lauernden Blick aufgesetzt.

„Was ihr wohl wieder ausheckt", sagte er. „Da möchte man direkt Mäuschen spielen."

„Neugierige Mäuse landen in der Falle", meinte Martha Grimm. „Und selbst Baristas müssen nicht alles wissen."

„Schon klar. Die Tote im Park soll übrigens eine Dame des horizontalen Gewerbes gewesen sein. Und die Frau, die gestern auf 'm Weihnachtsmarkt ihr'n Geist aufgegeben hat, is angeblich wirklich an Gift g'storben."

„Tatsächlich?", rief Martha Grimm und klatschte in die Hände. „Hochinteressant."

„Ich sag's ja immer … Glühwein is das reine Gift. Wer sowas trinkt, is selber schuld."

„Gift", sagte Martha Grimm, als Joe sich wieder Richtung

Theke verzogen hatte. „Da soll mal jemand behaupten, ich hätte nicht den richtigen Riecher gehabt. Womit wir beim Thema wären … Ich fürchte, ich kann den Fall bis zu meiner Abreise nicht restlos aufklären. Das musst du dann an meiner Stelle übernehmen."

„Fall?", fragte Blacky. „Gibt es denn einen Fall?"

„Hast du mir etwa gestern beim Mittagessen nicht zugehört?"

„Du meinst die Geschichte mit deinem Zimmernachbarn? Das ist doch alles sehr vage, oder?"

„Ist es nicht. Überhaupt nicht. Im Gegenteil, die Verdachtsmomente nehmen zu. Und wenn jetzt wirklich Gift ins Spiel kommt, dann … Gut, ich räume ein, es ist noch viel zu klären. Meine Untersuchung der Leiche hat erst einmal keine Hinweise auf Giftmord ergeben. Aber …"

„Deine was?"

„Ich habe die Leiche des lieben Heinrich gestern eingehend inspiziert. Natürlich nur äußerlich. Ich konnte nichts Auffälliges feststellen. Aber ich habe eine Autopsie beantragt … nun ja, angeregt. Ich hoffe, dem ist stattgegeben worden. Der Staatsanwalt hat sich etwas bockbeinig angestellt. Und dann die Weingläser … Sie sind mittlerweile zur Untersuchung im Labor. Das Ergebnis wird leider auf sich warten lassen."

„Welche Weingläser denn?"

„Bin ich dir zu schnell? Ich habe in Heinrichs Wohnung zwei Weingläser sichergestellt. Er muss am Abend vor seinem Tod noch einen Gast gehabt haben. Sehr ungewöhnlich. Eigentlich hat er nur mit mir Wein getrunken. Er war da sehr eigen. Wie gesagt, all das wird sich bis zu meiner Abreise kaum zu einem schlüssigen Bild zusammenführen lassen.

Ich werde bis dahin tun, was ich kann. Dann musst du weitermachen."

„Ach ja", sagte Blacky. „Muss ich das? Weiß Kerstin von der ganzen Sache?"

„Na ja, dass ich beim Staatsanwalt war und eine Autopsie angeregt habe, hat sie spitzgekriegt. Das mit den Weingläsern weiß sie nicht."

„Aber es spricht doch alles in allem viel mehr dafür, dass dieser Heinrich im Schlaf einfach friedlich gestorben ist. Oder nicht?"

„Vielleicht schon. Doch was, wenn es anders ist? Dann wäre es ein unentdecktes Verbrechen. Mit diesem Zweifel kann ich nicht leben. Ich bin es meinem lieben Freund Heinrich schuldig, die Umstände seines Todes restlos aufzuklären. Basta!"

Blacky gab sich geschlagen. Er wusste, wenn Martha Grimm „Basta!" sagte, war nichts mehr zu machen. Ein Starrsinn, den sie mit ihrer Enkelin gemeinsam hatte.

„Wenn ich dich gestern richtig verstanden habe, hat irgendein Satz von ihm deinen Verdacht geweckt. Wie war das noch mal?"

„Heinrich hat auf dem Weihnachtsmarkt urplötzlich gesagt: ‚Ich sollte eigentlich vorsichtig sein, das hier gehört zu seiner Welt.' Und als ich ihn gefragt habe, was er damit meine, hat er sehr merkwürdig reagiert. Es war eine Art verbittertes Lachen. So war er sonst nie. Er meinte noch, es sei nur eine Grille im Kopf eines alten Mannes. Danach wirkte er eine Weile sehr in sich gekehrt, aber dann war er fröhlich und charmant wie immer. Ich fand sein Verhalten seltsam, und als ich gestern morgen von seinem Tod erfahren habe, war mir sofort klar, dass dieser Satz etwas zu bedeuten hatte."

Weihnachtsmarkt … seine Welt … Erst war es nur ein leises Klingeln, dann schrillte bei Blacky ein ganzer Wecker. Manu hatte diese Wörter gestern gebraucht, als sie von ihrem Mann erzählte. Doch wo sollte da ein Zusammenhang bestehen? Der schrille Wecker verstummte wieder, aber das leise Klingeln blieb.

„Was ist?", fragte Martha Grimm. „Du schaust so komisch."

„Irgendwie …", begann Blacky. Er versuchte, in dem Klingeln eine Melodie zu hören. Doch es waren nur Töne, einzelne, unbestimmte Töne. „Hatte dieser … hatte dein Freund Heinrich irgendwie Familie?"

„Er hat einmal von einem Neffen gesprochen. Ich weiß gar nicht mehr, bei welcher Gelegenheit. Ich muss mal überlegen … Heinrich war merkwürdig verschlossen, was seine Lebensgeschichte betraf. Ich hatte manchmal das Gefühl, dass ihn etwas belastete. Dass er etwas mit sich herumschleppte, über das er partout nicht reden wollte. Ich glaube, er war nie verheiratet, aber selbst das weiß ich nicht genau. Er hatte schon was von der Art eines ewigen Junggesellen an sich. Oh, jetzt fällt es mir wieder ein … Er hat es sehr bedauert, dass ich an Weihnachten nicht da sein würde. Und dann hat er angefangen, über diese berühmte Weihnachtsgeschichte von Charles Dickens zu philosophieren. Heinrich war ja ungeheuer belesen. Er hat von dem alten, einsamen Geizhals erzählt, dem in der Weihnachtsnacht die Geister seines Lebens erscheinen. Und dann hat er gesagt, er habe wie dieser Geizhals die Einladung seines Neffen zum Weihnachtsessen abgelehnt und müsse sich wie jedes Jahr allein mit den Geistern der Vergangenheit herumschlagen. Er wirkte dabei aber nicht melancholisch, sondern eher ironisch. Wie so oft übrigens … Und noch etwas: Er soll sehr reich gewesen sein. Angeblich hat er zehn Millionen Euro im Lotto gewonnen."

„Hat er den Namen dieses Neffen genannt?", fragte Blacky.

„Ich glaube schon. Moment … Andreas, wenn ich mich nicht täusche."

„Andreas?", sagte Blacky. Das Klingeln war zu einer Melodie geworden. Sie hatte zwar Dissonanzen, aber es war eine Melodie. „Gut, ich übernehme den Fall, Oma Martha."

21

Zur Lagebesprechung der Mordkommission am frühen Nachmittag war die neue Pressesprecherin der Schweinfurter Polizeiinspektion, Kristin Damme, hinzugebeten worden. Kriminaloberkommissarin Kerstin Weiß beobachtete amüsiert, wie sie umständlich einen Laptop aufklappte, irgendein Programm startete und dann hochkonzentriert der Dinge harrte, die nun geschehen würden.

Es kam, wie es kommen musste.

„Haben Sie keinen Notizblock?“, fragte Kriminalhauptkommissar Wolfram Bayer, der Leiter der Mordkommission, ohne jede Begrüßung in gereiztem Ton.

„Wieso?“ Die Polizeikommissarin sah irritiert von ihrem Bildschirm hoch.

„Weil es mich stört, wenn Sie jetzt andauernd auf das Ding da starren und dann noch mit den Tasten klappern.“

„Mein Notebook klappert nicht“, erklärte Kristin Damme trotzig. „Und ich höre Ihnen zu, keine Sorge.“

Kerstin Weiß erinnerte sich noch gut an ihre erste Begegnung als damalige Pressesprecherin mit Wolfram Bayer. Sie hatte sich ihm in seinem Büro vorgestellt, und er hatte geknurrt: „Ich kann die Presse nicht leiden, und deshalb mag ich auch keine Pressesprecher. Ob ich Pressesprecherinnen mag, weiß ich noch nicht. Ihre erste und einzige Aufgabe besteht darin, mir diese Aasgeier vom Leib zu halten. Ist das klar?"

Trotz dieses nicht gerade verheißungsvollen Auftakts waren sie dann aber gut miteinander ausgekommen. Der Kriminalhauptkommissar ließ sich schließlich manchmal sogar dazu herab, persönlich mit der Presse zu sprechen oder eine Pressekonferenz zu veranstalten. Im Lauf der Zeit hatte sich zwischen ihnen eine vertrauensvolle Zusammenarbeit entwickelt, und im vergangenen Frühsommer hatte Wolfram Bayer sie gefragt, ob sie nicht zur Kriminalpolizei in die Mordkommission wechseln wolle. Damit war ein Kindheitstraum endlich in Erfüllung gegangen. Sie hatte sofort im Seniorenheim in Aschaffenburg angerufen, um ihrer Großmutter die Neuigkeit mitzuteilen. Die frühere Mordermittlerin bei der Frankfurter Kripo, Hauptkommissarin a. D. Martha Grimm, hatte sich darüber gefreut wie ein kleines Kind und sofort jede Unterstützung angedroht. Was damals blanke Theorie gewesen war, hatte sich einige Monate später zur haarsträubenden Realität entwickelt, als ihre Großmutter nach Schweinfurt umgezogen war* und die angekündigte Unterstützung in die Praxis umzusetzen begann. Aber von all dem wusste Polizeikommissarin Kristin Damme noch überhaupt nichts.

Sie war deutlich jünger und etwas kleiner als Kerstin Weiß, rothaarig, kurzer Schnitt. Zweifelsohne war sie hübsch, sehr hübsch sogar. Kerstin Weiß fragte sich, wie Blacky auf sie reagieren würde, wenn er sie kennenlernte. Vielleicht gar nicht, aber das war keinesfalls sicher. Blacky, das große Fragezeichen in ihrem Leben. Aber, und das wusste sie, auch sie war das große Fragezeichen in seinem Leben.

Wolfram Bayer schien den Laptop erst einmal zu akzep-

* In „Herbstzeitlosen" (Schweinfurter Kriminalroman 6)

tieren, stieß jedoch einen schweren Seufzer aus und donnerte sein Lieblingswort mit zweimaliger Steigerung in den Raum:

„Grüne Scheiße. Grüne Scheiße hoch zehn. Alles ist grüne Scheiße."

Kristin Damme schaute ihn erschrocken an. Kriminaloberkommissarin Kerstin Weiß grinste. Kriminalkommissarin Marion Werner hüstelte. Kriminalmeister Kilian Urban wurde rot. Kriminalkommissar Lucius Römer murmelte: „Na, na, na."

„Sie brauchen gar nicht zu murmeln, Kollege Römer", blaffte Bayer. „Wir pflegen hier einen rauen Umgangston. Ach ja, hab ich ganz vergessen. Kollege Römer mit dem schönen Vornamen Lucius wird uns ab heute unterstützen. Er hat bisher Diebe aufgespürt und muss nun Mörder jagen. Wir haben jede Unterstützung nötig. Zwei Tötungsdelikte innerhalb von ein paar Stunden. Bisschen viel für diese Scheißstadt."

„Zwei?", fragte Marion Werner.

„Ja. Ein vorläufiges Ergebnis der Autopsie, was die Tote vom Weihnachtsmarkt betrifft, ist vorhin eingegangen. Es scheint eine Vergiftung vorzuliegen. Die Möglichkeit eines Suizids ist gegeben, aber unwahrscheinlich. Es war wohl Zyankali in ihrem Kaffee. Natürlich wird das endgültige Laborergebnis wie immer auf sich warten lassen."

„Kaffee?", sagte Kilian Urban. „Also kein Glühwein?"

„Offenbar nicht. Das, Kollegin Laptop, ist die wichtigste Aufgabe für Sie an diesem Tag. Die Pressemeute darüber informieren, dass der Schweinfurter Glühwein in Ordnung ist. Irgend so ein Idiot scheint ja gestern schon die halbe Stadt in Panik versetzt zu haben. Wir wollen doch den Glühweinpanschern nicht das Geschäft verderben."

„Alles klar." Kristin Damme klapperte hektisch auf den Tasten herum. „Geht gleich raus."

„Und wer ist die Frau?", fragte Marion Werner.

„Ja, das ist interessant", antwortete der Leiter der Mordkommission. „Selma Lagerström. Eine Schwedin. Arbeitete bei SKF in Göteborg. War wohl auf Dienstreise hier. Mehr wissen wir noch nicht. Marion, das übernimmst du zusammen mit Herrn Urban. Recherchiert den Hintergrund der Frau und schaut, was ihr über das Geschehen in dieser Glühweinbude gestern rekonstruieren könnt. Das wird nicht leicht werden, fürchte ich."

„Schaffen wir schon", sagte Marion Werner. Und Kriminalmeister Kilian Urban nickte eifrig.

„Gut. Kommen wir zu Angela Gheorgiu", fuhr Wolfram Bayer fort. „Siebenundzwanzig Jahre alt, rumänische Staatsangehörige. Hat offenbar als Prostituierte gearbeitet. Die Kollegen von der Sitte klären alles Nötige ab. Die Autopsie der Leiche ist erst morgen. Aber die Todesursache liegt wohl auf der Hand. Zwei Schüsse in den Hinterkopf aus nicht allzu großer Entfernung. Brutale Sache. Keine Zeugen. Ein unverdächtiger Mann auf dem Weg zur Arbeit hat sie heute morgen gefunden. Die Tat geschah aber schon am gestrigen Abend. Der Park wird in dieser Jahreszeit nachts wenig frequentiert. Außerdem lag die Leiche an einer unbeleuchteten Stelle. Der Auffindeort dürfte auch der Tatort sein. Das Gesicht der Frau wies Verletzungen auf. Ihre Nase war gebrochen, vermutlich durch einen Schlag. Der Staatsanwalt hat gleich heftig spekuliert."

„Rumänische Mafia", sagte Kriminalkommissar Lucius Römer.

„Rumänische Mafia", wiederholte Bayer. „Klar. Was sonst?

Mit der Mafia sind wir heutzutage ganz schnell bei der Hand, nicht wahr? Das ist 'ne richtige Mode geworden. Angefangen beim LKA bis runter zum kleinen Kommissar."

Jetzt wurde Lucius Römer rot im Gesicht.

„Die rumänische Mafia hat in den letzten Jahren erheblich an Bedeutung gewonnen", sagte er. „Auch hier in Schweinfurt. Und gerade im Bereich des Menschenhandels und der Prostitution. Alle Anzeichen dieser Tat ..."

„Schon klar", schnitt ihm Wolfram Bayer das Wort ab. „Die russische Mafia. Die Georgier. Die aus Aserbaidschan. Ukraine. Die Serben. Die albanische Mafia. Sogar die Mongolen. Habe ich irgendwen vergessen? Ach ja, die Tschetschenen."

„Natürlich die italienische Mafia", trumpfte Lucius Römer auf. „Neueste Ermittlungen haben ergeben, dass vor allem die 'Ndrangheta Deutschland immer weiter unterwandert. Schweinfurt ist ..."

„Ich habe schon gehört", unterbrach ihn der Kriminalhauptkommissar wieder, „dass Ihnen der Bereich Diebstahl und Einbruch zu langweilig ist und Sie ganz wild auf die organisierte Kriminalität sind. Jetzt weilen Sie aber hier bei uns, und ich bin nun mal kein Freund von voreiligen Mafiatheorien. Wir ermitteln nach allen Richtungen, und Sie können ja gerne die Lebensumstände dieser Rumänin auf entsprechende Kontakte hin abklopfen. Aber alles nur in Absprache mit Oberkommissarin Weiß, die ab sofort die Ermittlung leitet."

„Wie bitte?", sagte Kerstin Weiß.

„Ich habe ab morgen Urlaub. Schon vergessen? Wir machen die erste Reise seit vielen Jahren. Ich hab zwar überhaupt keinen Bock auf diese blöden Kanaren, aber meine

Frau hat gesagt, sie reißt mir den Kopf und alles Mögliche ab, wenn wieder was dazwischenkommt. Also, du übernimmst das Ruder."

„Ich steck über beide Ohren in der anderen Geschichte drin. Da ergeben sich gerade ganz neue Zusammenhänge. Höchstwahrscheinlich muss ich noch mal nach Dubai. Und jetzt werd ich schon wieder aus allem rausgerissen."

„Lässt sich nun mal nicht ändern", sagte der Leiter der Mordkommission. „Vielleicht bekommt ihr die Sache ja rasch auf die Reihe. Aber wenn's die Rumänen gewesen sein sollten, wie unser Freund Römer meint, zieht sich das lange hin. Ich bin in zwei Wochen wieder da. Also, an die Arbeit!"

22

Blacky hatte den Gedanken an einen Mittagsschlaf ad acta gelegt, ein Telefonat geführt, die Barchetta aus der Tiefgarage geholt und sich auf den Weg nach Dittelbrunn gemacht. Als hinter der Eselshöhe die B286 zum Seelvater hin anstieg, begann es zu schneien. Die Linden auf dem früheren Hinrichtungsplatz der Freien Reichsstadt Schweinfurt hoben sich als schwarze Silhouetten vor dem tiefgrauen Himmel ab. Der Ort hieß auch *das Rad*, weil damals an dieser weithin sichtbaren Anhöhe die Körper auf ein großes Rad geflochtener Verbrecher öffentlich zur Schau gestellt wurden. Eine alte Sage erklärt den Namen *Seelvater:* Ein Mann, dem Waisenkinder anvertraut waren, wurde „Seelvater" genannt. Einst soll ein solcher Mann seine Schützlinge gemein betrogen haben. Er wurde deswegen zum Tod durch das Schwert verurteilt. Man gewährte ihm einen letzten Wunsch, und er soll gesagt haben: *Wenn mein Kopf gefallen sein wird, so wird mein Körper noch eine Strecke Weges weiterlaufen. Diese soll im Geviert abgemessen und als Acker meinen Hinterbliebenen übergeben werden.* Tatsächlich, so die Sage, wurde der Mann auf der Maibacher Höhe enthauptet, und sein kopfloser Körper soll noch ein ganzes Stück weitergelaufen sein. Der dadurch bezeichnete Grund und Boden wurde seinen Nachkommen überlassen. Der Hügel mit der umliegenden Flur heißt seitdem Seelvater.

Um diese Tageszeit konnte er direkt vor dem Reihenhaus der Familie Köhler parken. Er klingelte an der Tür, es dauerte etwas, bis Manuela Köhler öffnete.

„Entschuldigung, ich war im Bad“, sagte sie.

Sie hatte wieder den blaugelben Hausanzug an, war ungeschminkt, sah bleich und übernächtigt aus. Blacky verscheuchte jeden Gedanken an den gestrigen Abend.

„Komm rein. Willst du einen Kaffee?“

„Ja, gern.“

Die Stimmung war heute völlig anders. Manuela wirkte gedankenabwesend, wortkarg und sogar mürrisch. Er erinnerte sich, dass es früher schon so gewesen war. Nach einer tollen Nacht hatte sie regelmäßig ihren Blues.

„Gibt es was Neues?“, fragte er, während sie in der Küche eine simple Kaffeemaschine in Gang setzte.

„Nein.“

„Er hat also nicht wieder angerufen.“

Sie gab keine Antwort. Er sah ihr zu, wie sie in der Küche herumhantierte. Die routinierte Sicherheit einer erfahrenen Hausfrau. Einer erfahrenen Ehefrau. Es war etwas, das er nur von seiner Mutter kannte. Warum fiel ihm jetzt seine Mutter ein? Bei Kerstin hatte er noch nie an seine Mutter gedacht. Die Allerweltsküche in diesem Allerweltshaus und Manuela in ihrem Hausanzug waren so beunruhigend normal. Oder waren sie beruhigend normal? Aber eigentlich war in diesem Haus doch gar nichts normal. Es hätte eine Puppenstubenidylle sein können und war vielleicht eine Ehehölle. Wie war das noch? *Alle glücklichen Familien gleichen einander, jede unglückliche Familie ist unglücklich auf ihre Art.* Sein Freund Lothar hatte *Anna Karenina* sicher gelesen. Er selbst machte seit jeher einen großen Bogen um dicke Bücher. Was konnte ihm ein russischer Dichter der Vergangenheit schon über einen Ehebruch erzählen?

Sie stellte zwei Tassen Kaffee auf den Küchentisch.

„Wollen wir uns nicht setzen?“

„Klar.“

Es gab viele Arten von Schweigen. Eine davon war wohltuend. Eine andere nervig. Diese hier war peinlich. Jeder wusste, was der andere dachte, aber es gab keine Möglichkeit, darüber zu sprechen. Sie tranken Kaffee, schauten einander nicht in die Augen, warteten ab. Es war keine Taktik, kein Spiel, es war einfach so.

„Du wolltest mich etwas fragen“, sagte sie schließlich.

„Ja. Zwei Dinge. War dein Mann in letzter Zeit in Shanghai?“

„Kann sein.“

„War er oder war er nicht?“

„Ich glaube schon. Er ist oft unterwegs. Meistens sagt er mir nicht, wohin er fliegt. Ich frage ihn auch kaum danach. Aber doch … Shanghai hat er erwähnt. Jetzt erinnere ich mich … Es ist ein paar Monate her.“

„Hat er irgendetwas Besonderes erzählt? Etwas, das dir aufgefallen ist?“

„Nein. Er war nur sehr nervös, als er zurückgekommen ist. Extrem nervös, würde ich sagen. Ich habe ihn direkt darauf angesprochen. Er hat gesagt, er habe Jetlag. Das war natürlich eine Ausrede. Ich glaube, er hatte Angst.“

„Angst?“

„Andreas hat nie Angst. Aber damals schob er Panik. Er schläft sonst wie ein Murmeltier. Nach dieser Reise wälzte er sich die halbe Nacht im Bett herum, stand immer wieder auf. Sein Pyjama war am Morgen nassgeschwitzt. Ich bin sicher, er hatte Angst. Aber er hat wie immer nichts rausgelassen. Wie kommst du auf Shanghai?“

„Ich habe Erkundigungen eingezogen“, sagte Blacky. „Vielleicht hat das Verschwinden deines Mannes etwas mit seinen Kontakten nach China zu tun. Doch das ist nur eine sehr vage Vermutung.“

„Du hast Erkundigungen eingezogen?“, fragte sie. „Wolltest du nicht Stillschweigen bewahren?“

„Ich habe ja nichts von dieser Entführung gesagt. Und ich war sehr diskret.“

„Mit wem hast du gesprochen?“

Lag in dieser Frage ein Vorwurf? Ein Misstrauen? Vielleicht hörte es sich nur so an.

„Zuerst ganz privat mit Oberkommissarin Weiß von der Kripo. Sie hat mir die Nummer eines wichtigen Mannes aus der Sicherheitsbranche gegeben. Detlef Kruschke. Ich habe mich mit ihm getroffen. Kennst du ihn?“

„Nein. Diese Oberkommissarin Weiß … Sie ist deine Freundin, nicht wahr?“

„Wie kommst du darauf?“

„Gut gekontert“, sagte sie. Es klang bitter. „Diese Gegenfrage lässt alles offen. Du gibst nichts zu und streitest nichts ab. Ich habe eben auch Erkundigungen eingezogen.“

Was war das nun? Ironie? Verletztheit? Eifersucht?

„Okay“, sagte Blacky. Mehr fiel ihm nicht ein.

„So ist das nun einmal.“ Sie nahm einen großen Schluck Kaffee. „Und wie geht das jetzt alles weiter?“

„Da wäre noch etwas. Hat dein Mann in Schweinfurt einen Onkel?“

„Nein. Aber sein Vater lebt dort.“

„Sein Vater?“

„Ja. Sie haben kaum Kontakt zueinander. Es ist eine schwierige Geschichte.“

„Inwiefern?“

„Auch da sind einst zwei Welten aufeinandergetroffen. Andreas’ Mutter war als junge Frau jedes Jahr auf dem Schweinfurter Volksfest. Ihre Familie hatte mehrere Fahrgeschäfte und eine Mandelrösterei. Irgendwie lernte sie einen Mann kennen, in den sie sich mächtig verliebte. Er war älter als sie und Beamter am Gericht. Keine Ahnung, was sie in ihm gesehen hat. Jedenfalls muss es eine ziemlich heftige Affäre gewesen sein. Sie wurde schwanger, und als die Familie das erfuhr, hat man nach Art der Jenischen gehandelt. Der Kontakt zu dem Vater ihres Kindes wurde unterbunden, sie durfte nicht mehr nach Schweinfurt kommen, und Andreas wuchs in der Welt seiner Mutter auf. Sein Vater hat keine Anstrengungen unternommen, seinen Sohn jemals zu sehen. Ich glaube, diese ganze Affäre war ihm peinlich und passte nicht in seine Welt.“

„Aber sie haben sich dann doch kennengelernt?“

„Viel später. Andreas hat sich, als er Polizist geworden war, auf die Suche nach seinem Vater gemacht. Es war natürlich nicht schwer, ihn zu finden. Zueinandergefunden haben sie nicht. Der alte Mann wollte von seinem Sohn nichts wissen. Seitdem wir hier wohnen, besucht ihn Andreas aber dennoch manchmal, weil Paula ihren Opa sehen will. Er lebt inzwischen in einem Seniorenheim und schämt sich anscheinend immer noch. Angeblich gibt er Andreas dort als seinen Neffen aus. Ich habe ihn nur einmal gesehen.“

„Heinrich Sendner“, sagte Blacky.

„Stimmt. Woher weißt du das?“

„Er ist tot. Er ist vorletzte Nacht gestorben.“

„O mein Gott!“ Sie schlug die Hand vor den Mund. „Das ist ja schrecklich. Wieso kommt denn immer alles auf einmal? Wie soll ich das bloß Paula erklären? Der Papa verschwunden, der Opa tot. Woran ist er denn gestorben? Und woher weißt du das eigentlich alles?“

Es war eine Wortkaskade ohne Punkt und Komma. Nur die Fragezeichen hingen in der Luft. Konfus, verstört. Blacky berichtete ihr von seiner Bekanntschaft mit Martha Grimm, der Zimmernachbarin des toten Heinrich Sendner. Sie schien an Einzelheiten nicht interessiert zu sein.

„O mein Gott“, wiederholte sie. „Was soll ich Paula sagen?“

Blacky erkannte, dass sie auf den naheliegenden Gedanken noch nicht gekommen war. Und das war wohl auch gut so.

23

Rechtsanwalt Okan Demir war mit dem ernsten Gesicht gegangen, mit dem er gekommen war. Er hatte sich nicht einmal verabschiedet, sondern so etwas wie einen eiligen Rückzug angetreten. Die Tür hatte er ganz leise, ganz vorsichtig hinter sich geschlossen. Martin Krass saß da, den Brief in der Hand, den er nur zögernd entgegengenommen hatte. Er hatte ihn mit spitzen Fingern angefasst und den Anwalt dabei nicht angesehen.

„Meine Mandantin hatte mich beauftragt, dieses Schreiben an Sie persönlich auszuhändigen, wenn mir ein bestimmtes Codewort übermittelt werden würde", hatte Okan Demir erklärt und jedes Wort sorgfältig abgewogen. „Dieses Codewort ist heute morgen telefonisch bei meiner Kanzlei eingegangen. Meine Mandantin war zu diesem Zeitpunkt bereits tot. Ich erfülle also ihren Auftrag posthum, auch wenn mit ihrem Verscheiden meine Bestellung als Pflichtverteidiger beendet ist. Ich möchte darauf hinweisen, dass ich den Inhalt dieses Schreibens kenne, aber im Augenblick noch keine Notwendigkeit sehe, daraus Konsequenzen abzuleiten. Sollte aus dem Brief der Verdacht auf eine Straftat hervorgehen, so fällt sie nicht unter den Katalog des Paragraphen einhundertachtunddreißig Strafgesetzbuch. Ich bin also nicht zu einer Strafanzeige verpflichtet. Dies gilt natürlich nur so lange, bis die Umstände, die zum Tod meiner Mandantin geführt haben, geklärt sind. Dann kann sich durchaus eine andere Sichtweise ergeben. Im übrigen muss ich noch erwähnen, dass ich bei Eingang eines weiteren Codewortes gehalten bin, eine Kopie des Schreibens an den Präsidenten des Landgerichts zu übermitteln."

Nachdem der Rechtsanwalt ihn verlassen hatte, starrte Martin Krass den Brief lange an, ohne ihn zu öffnen. Er hatte schon jetzt alles begriffen und das neue Ausmaß der perfiden Intrige erkannt. Sein Freund Andy hatte weit vorausgedacht und seiner Durchtriebenheit alle Ehre gemacht. Und das, was am gestrigen Abend geschehen war, war nun völlig sinnlos geworden. Die Worte einer Toten würden genauso verräterisch sein wie die Worte einer Lebenden. Martin Krass übermannte ein Zorn, wie er ihn nie zuvor im Leben gekannt hatte.

Er riss den Briefumschlag auf. Das Schreiben war eine ausführlichere Version der verlogenen Behauptungen, die Angela Gheorgiu am Abend zuvor in seinem Wohnzimmer von sich gegeben hatte. Angereichert mit einigen Details seiner angeblichen sexuellen Vorlieben. Er spürte, wie er rot wurde, als er es las. Und dann noch der Hinweis auf ein Trinkglas, das sich demzufolge nun im Gewahrsam von Rechtsanwalt Okan Demir befand. Er zweifelte im übrigen nicht daran, dass es dieses Glas tatsächlich gab, er wusste sogar in etwa, wie es aussah: Es war mit höchster Wahrscheinlichkeit das Bierglas, aus dem er im Sommer an dem beschissenen Grillabend in Dittelbrunn getrunken hatte. Andreas Köhler schien sehr weit vorausgeplant zu haben.

Martin Krass faltete den Brief und steckte ihn in die Innentasche seines Jacketts. Dann schloss er die obere Schublade des Schreibtisches auf und nahm die großkalibrige Dienstpistole heraus, die er dort verwahrt hatte.

*

„Ich denke, ich sollte Kriminaloberkommissarin Weiß ins Vertrauen ziehen“, sagte Blacky.

„Das hast du doch sowieso schon getan“, antwortete Manuela Köhler.

Sie standen unter der offenen Haustür und sahen zu, wie der Schnee in dicken Flocken auf den Rasen des kleinen Vorgartens und die Barchetta draußen auf der Straße fiel.

„Nicht, was diese angebliche Entführung betrifft.“

„Angeblich?“

„Vielleicht steckt da etwas ganz anderes dahinter.“

„Spielen wir jetzt Rätselraten?“

„Das tun wir doch schon die ganze Zeit“, sagte Blacky. „Zum Beispiel bist auch du ein Rätsel für mich.“

„Weil ich mich nicht adäquat verhalte?“

„So könnte man es nennen.“

Sie hatte die Arme vor der Brust gekreuzt und die Hände dabei auf ihre Schultern gelegt. Es sah aus, als wollte sie sich vor der Kälte schützen. Oder auch vor etwas anderem. Etwas, das sie vielleicht selbst nicht benennen konnte: einen der namenlosen Dämonen des Lebens.

„Wir wollten uns trennen“, sagte sie unvermittelt. „Das heißt, ich wollte mich von ihm trennen. Ich hatte es ihm aber noch nicht gesagt.“

„Hätte er zugestimmt?“

„Keine Ahnung. Vielleicht. Eher nicht. Wegen Paula. Er hat gesagt, es käme bald alles wieder in Ordnung. Ich habe ihm das nicht mehr geglaubt. Und jetzt weiß ich gar nichts mehr."

Sie sah ihn an, er las in ihrem Gesicht, was sie von ihm erwartete. Als sie sein Zögern spürte, trat sie zwei Schritte zurück. Schuf damit eine Distanz, die jetzt nicht mehr zu überwinden war.

„Sprich mit deiner Kommissarin", sagte sie. „Irgendetwas muss ja geschehen."

„Gut", erwiderte er. „Ich melde mich dann noch einmal."

„Wie du willst. Übrigens … Es gibt in Schweinfurt noch einen Freund von Andreas. Einen ganz alten Freund aus Kindertagen. Sie sehen sich nicht mehr oft. Vielleicht sollte man einmal mit ihm reden."

„Hast du ihn denn noch nicht angerufen?"

„Nein. Ich mag ihn nicht. Er ist ein seltsamer Kerl. Einer von denen, die einer Frau nicht ins Gesicht schauen können. Er ist Richter am Amtsgericht. Deine Freundin wird ihn wahrscheinlich kennen. Er heißt Martin Krass."

Sie drehte sich um und ging ins Haus zurück. Die Tür ließ sie offen. Es lag an ihm, ihr zu folgen oder zu gehen.

*

Martha Grimm hatte noch lange im hintersten Eck von *Viva Porcellino* gesessen und sinniert. Sinnieren nannte sie den Zustand träumerischen Wachseins, der sie in den Jahren seit ihrer Pensionierung mehrfach am Tag überkam. Erinnerungsfetzen aus der Vergangenheit mischten sich dabei mit Tagesgedanken und einer quälenden Angst vor der Zukunft. Irgendwann floss alles ineinander, formte sich zu wirren Klumpen, machte sie ganz irre im Kopf. Entweder schlief sie darüber ein, oder sie schüttelte sich energisch und rief: „Weg, ihr Gespenster, macht euch davon!"

An diesem Nachmittag schüttelte sie sich schließlich und rief laut: „Weg, ihr Gespenster, macht euch davon!"

Einige der Gäste drehten sich entgeistert nach ihr um und bedachten sie mit misstrauischen Blicken. Joe versuchte die Situation zu retten und verkündete: „Frau Grimm is eine Nachfahrin der Brüder Grimm und eine bekannte Märchenerzählerin. Manchmal geht die Phantasie mit ihr durch."

Martha Grimm drohte ihm erst mit dem Zeigefinger und winkte ihn dann zu sich heran.

„Junger Mann", sagte sie streng. „Veräppeln Sie eine alte Frau nicht so."

„Kleiner Scherz zur rechten Zeit", sagte Joe. „Dürf'n Sie net zu ernst nehm'. Sie wissen doch, ich bin ä großer Schwätzer."

„Sie sind eine wandelnde Comicfigur", entschied Martha Grimm. „Bei diesen vielen bunten Bildern, die Sie mit sich herumtragen. Und besser ein Schwätzer als ein muffliger Schweinfurter."

„Ich seh scho', wir verstehn uns", meinte der Barista. „Der Kaffee geht heut auf mich."

„Und was ist mit dem von Blacky? Ich hatte ihn eingeladen."

„Dann geht der auch auf mich. Ausnahmsweis. Der Blacky is ja eigentlich ä Braver. Nur sei' Chef, der Olaf Röder, das is ä ganz großer Schnorrer. Der versucht jedes Mal, den berühmten Kaffee for free zu bestelln. Hat er sich aber gschnittn, der blöde Lackel."

Erfrischt und aufgeheitert vom Schweinfurter Lokalkolorit verließ Martha Grimm die Kaffeebar. Sie beschloss, noch über den Weihnachtsmarkt zu trödeln, um dann ein

Taxi zur Seniorenresidenz zu nehmen. Aber draußen hatte es zu schneien begonnen, und sie überlegte, ob es eine gute Idee sei, mit ihren alten Beinen durch den Schnee zu stapfen. Doch andererseits war das gerade jetzt die beste Gelegenheit, noch ein wenig romantische Vorweihnachtsstimmung zu genießen, bevor sie in zwei Tagen in den ewigen Frühling der Kanarischen Inseln fliegen würde. Sie summte „Leise rieselt der Schnee" vor sich hin, als sie durch die Juden- und Metzgergasse mit kleinen, vorsichtigen Schritten zum Marktplatz trippelte.

An einem Stand kaufte sie sich eine kleine Tüte mit gebrannten Mandeln. Sie schaute sich Christbaumkugeln aus Lauscha an und hielt sich eine Weile in der Bude mit erzgebirgischen Schnitzereien auf. Dort kam ihr eine Idee: Ingrid und ihr Lebensabschnittsgefährte Eugen würden auf Gran Canaria eventuell einen Weihnachtsbaum aus Plastik aufstellen, hatten aber bestimmt keine Weihnachtskrippe. Kurz entschlossen stellte sie aus dem reichhaltigen Angebot ein ansehnliches Ensemble zusammen: Maria und Josef, das Jesuskind in der Krippe, Ochs und Esel, zwei Hirten und ein Schaf. Sie ließ sich alles ordentlich einpacken, bezahlte einen stolzen Preis dafür und verließ hochzufrieden die Verkaufsbude.

Um diese Zeit war der Weihnachtsmarkt wenig besucht, und sie erspähte Kriminalmeister Kilian Urban, der eilig dem Glühweinstand neben dem Rückert-Denkmal zustrebte, schon von weitem. In seinem blauen Parka mit der Kapuze über dem Kopf sah er aus wie ein Polarforscher, der zu einer Expedition ins ewige Eis aufbrechen wollte. Martha Grimm folgte ihm auf dem Fuß und betrat hinter ihm die Bude.

„Ach, was für ein netter Zufall", säuselte sie und stellte

sich neben ihn. „Der Herr Urban … Dienstlich unterwegs, nehme ich an?“

Kilian Urban gehörte nicht zur Oma-Martha-Fraktion der Polizeiinspektion, wusste aber von ihrem übereifrigen Interesse, das sie der kriminalpolizeilichen Arbeit entgegenbrachte. Dementsprechend war er auf der Hut.

„So ist es“, antwortete er gespreizt.

„Und Sie führen hier eine Ermittlung durch?“

„Darüber kann ich nichts sagen.“

„Na, dann will ich Sie auch nicht weiter stören“, meinte Martha Grimm, trat zur Theke, bestellte einen Glühwein und setzte sich damit an einen der kleinen Tische. Dort wartete sie darauf, dass Kriminalmeister Kilian Urban mit seiner Arbeit beginnen würde.

24

Während der Rückfahrt nach Schweinfurt kämpfte Blacky mit seinem schlechten Gewissen. Schließlich gab er sich einen Ruck und rief Kriminaloberkommissarin Kerstin Weiß auf ihrem Handy an. Sie klang genervt.

„Was willst du?“

„Mit dir reden. Am besten sofort. Zeit für ’nen Kaffee?“

„Nein. Überhaupt nicht.“

„Stress?“

„Jede Menge.“

„Wann hast du Zeit?“

„Keine Ahnung. Vielleicht an Weihnachten. Vielleicht auch nicht.“

„Wollten wir da nicht in die Berge fahren?“

„Weiß ich noch nicht. Müssen wir spontan entscheiden.“

„Du bist lustig. Ich wollte Olaf Röder morgen bitten, den Moderationsplan über den Haufen zu schmeißen.“

„Dein Problem.“

Blacky dachte an Martha Grimms Behauptung, Kerstin Weiß würde von einem Ritter in schimmernder Rüstung träumen. Nichts erschien ihm im Augenblick abwegiger.

„Hör mal …“, begann er. Dann brach er frustriert ab. „Gibt es sonst was Neues? Von der Leiche im Park? Und was ist mit der Frau vom Weihnachtsmarkt? Ich habe munkeln hören, es sei tatsächlich Gift gewesen.“

„Wir haben eine neue Pressesprecherin“, sagte Kerstin Weiß kühl. „Wende dich an sie. Außerdem hat sie, soweit ich weiß, schon eine Pressemeldung herausgegeben.“

„Ach, tatsächlich?“

„Du scheinst nicht auf dem laufenden zu sein.“

„Ich war beschäftigt.“

„Das bin ich auch. Ich muss jetzt Schluss machen.“

„Okay“, sagte Blacky lahm. „Wie du meinst.“

Sie trennte die Verbindung ohne ein weiteres Wort, und Blacky versank in tiefes Brüten. Er kannte ihre Launen, er wusste, wie unwirsch sie sein konnte, wenn sie unter Druck stand. Aber das eben war noch eine Nummer heftiger gewesen. Gab es dafür einen Grund? Da sie wohl nicht über die telepathische Fähigkeit verfügte, in sein Inneres einzudringen, und folglich ahnungslos sein musste, konnte das jedenfalls nicht der Grund sein. Und eigentlich verspürte er im Augenblick auch überhaupt keine Lust, sich weiter mit ihren kapriziösen Anwandlungen zu beschäftigen. Eher im Gegenteil: Ihr Verhalten eben dämpfte sein schlechtes Gewissen um einiges. Trotz stieg in ihm auf, wilde Gedanken wirbelten durch seinen Kopf wie die wirren Schneeflocken vor der Windschutzscheibe.

Er sah auf die Uhr. Bei Main-Radio Schweinfurt kamen jetzt die Lokalnachrichten. Als er das Radio eingeschaltet hatte, hörte er gerade noch, wie die Nachmittagsmoderatorin Brigitte Scheuble einen Bericht von Sören Eckenstade ankündigte. Dann näselte der Volontär auch schon los:

„Die Kripo Schweinfurt hat endgültig Entwarnung gegeben. Bei dem gestrigen Vorfall auf dem Weihnachtsmarkt, bei dem eine Frau ums Leben kam, war definitiv kein vergifteter Glühwein im Spiel. Sämtliche Befürchtungen in diese Richtung sind

also völlig unbegründet und alle Gerüchte haltlos. Die Sicherheit auf dem Weihnachtsmarkt ist gewährleistet. Über die Umstände, die zum Tod der betreffenden Frau geführt haben, wird aus ermittlungstechnischen Gründen noch Stillschweigen bewahrt. Bei der Toten handelt es sich um eine schwedische Staatsangehörige mit Namen Selma Lagerström. Sie arbeitete bei der Firma SKF in Göteborg und hielt sich zu einer Dienstreise in Schweinfurt auf. Wer sie gekannt oder vor ihrem Tod Kontakt mit ihr hatte, soll sich bitte unverzüglich bei der Polizeiinspektion Schweinfurt melden.“

Sören Eckenstade gab die übliche Telefonnummer der Polizei durch, und Brigitte Scheuble leitete zum Wetterbericht über, der für die Nacht weiteren Schneefall vorhersagte.

Blacky fand zum einen die Tatsache bemerkenswert, dass die neue Polizeipressesprecherin nicht, wie sonst üblich, selber *on air* genommen worden war, um diese Meldung durchzugeben. Vielleicht traute sie sich das ja noch nicht zu. Er musste so bald wie möglich mit ihr Kontakt aufnehmen, um ihr einige Tipps zu geben, bevor Sören sich aufdrängte und ihr allerlei Quatsch erzählen würde.

Viel bemerkenswerter aber war die Information über die Identität der Toten vom Weihnachtsmarkt. Er durchdachte es einige Augenblicke, dann rief er Detlef Kruschke an.

*

Der Richter am Amtsgericht Gabriel Engel hatte die Angewohnheit, einen Teil seiner Büropflanzen vormittags und den Rest am Nachmittag zu gießen. Er schwor darauf, dass dies dem Gedeihen förderlich sei, weil so ein ausgewogenes Raumklima entstünde. Wie immer ging er deshalb um 14.30 Uhr mit seiner knallgrünen Gießkanne über den Gang, um frisches Wasser zu holen. Zu seinem Erstaunen sah er, wie sein Richterkollege Martin Krass im dunkelblauen Kaschmirmantel soeben die Zimmertür verschloss und augenscheinlich im Begriff war zu gehen. Das war höchst ungewöhnlich, denn der Kollege war für seine eisernen Gepflogenheiten bekannt, und Gabriel Engel hatte noch nie erlebt, dass Martin Krass auch nur eine Minute vor 17 Uhr das Gericht verlassen hatte.

„Ist Ihnen immer noch nicht wohl?", fragte Gabriel Engel und legte Mitleid in seine Stimme. „Sie sind ja ganz grün im Gesicht."

„Wie bitte?" Martin Krass starrte ihn mit leerem Blick an.

Gabriel Engel glaubte Angst und Entsetzen in seinen Augen zu sehen.

„Am besten gehen Sie nach Hause und legen sich hin", sagte er. „Eine schöne warme Wolldecke … das hilft. Aber keinen Alkohol."

Der Richter schüttelte den Kopf, drehte sich um und ging ohne ein weiteres Wort den Gang entlang Richtung Treppenhaus. Gabriel Engel sah ihm nach. Komischer Kauz, dachte er.

Als er mit dem Gießwasser zurückkehrte, traf er auf Staatsanwalt Thorsten Storg, der gerade an die Tür des Büros von Martin Krass klopfen wollte.

„Kollege Krass ist nicht da", sagte Gabriel Engel. „Er ist weggegangen. Wahrscheinlich nach Hause."

„Tatsächlich?", sagte Thorsten Storg und sah auf die Uhr. „Um diese Zeit? Seltsam."

„Er war irgendwie grün im Gesicht. Hatte wohl schon am Morgen mit dem Magen zu kämpfen. Ungewöhnlich, nicht wahr? Wo er doch sonst ein Musterbeispiel für Disziplin ist. Stark wie eine deutsche Eiche."

Thorsten Storg, Mitglied der schlagenden Verbindung *Arminia Würzburg*, mochte solche Sprüche nicht und konnte als einer der wenigen bei den Schweinfurter Justizbehörden Amtsrichter Gabriel Engel insgesamt nicht leiden. Er zog eine Augenbraue hoch und entgegnete spitz:

„Und ein aufrechter Vertreter von Recht und Gerechtigkeit. Anders als so manch anderer."

„Ja, ja", erwiderte Gabriel Engel. „Schon gut. Gibt es sonst etwas Neues?"

„Kann man wohl sagen. Ich komme gerade von der Rechtsmedizin in Würzburg. Dort liegen drei Schweinfurter Leichen. Drei Mordfälle in zwei Tagen. Und das in der besinnlichen Adventszeit. Schweinfurt mutiert allmählich zur Welthauptstadt des Verbrechens."

„Drei? Ich weiß bislang nur von zweien."

„Der scheinbar natürliche Tod eines alten Mannes aus der Seniorenresidenz ‚Goldener Herbst' hat sich bei der Autopsie als Tötungsdelikt herausgestellt. Frau Grimm, die Großmutter der Kriminalbeamtin Weiß, hatte bei all ihrer Penetranz den richtigen Verdacht. Donnerwetter, kann man da nur sagen. Alte Schule eben."

„Was ist denn geschehen?"

„Der alte Mann wurde mit einem starken Beruhigungsmittel sediert und dann mit einem Kissen im Schlaf erstickt. Keine äußerlichen Spuren. Der Arzt, der den Totenschein ausstellte, hat das nicht erkannt. Wenn Frau Grimm nicht gewesen wäre, gäbe es einen unentdeckten Mord mehr in diesem Land."

„Bemerkenswert", sagte Gabriel Engel. „Äußerst bemerkenswert."

*

Detlef Kruschke meldete sich so rasch, als ob er auf den Anruf gewartet hätte.

„Es gibt Neuigkeiten", sagte Blacky. „Die Tote vom Weihnachtsmarkt kam aus Schweden und arbeitete bei SKF."

„Ich weiß."

„Und? Wissen Sie noch mehr über diese Frau?"

„Ja."

„Kann man an diesem Wissen teilhaben?"

„Nein."

„Wieso nicht?"

„Passen Sie auf." Detlef Kruschke sprach wieder sehr leise, seine Stimme hatte einen drohenden Beiklang. „Allein damit, dass ich Ihnen bestätige, mehr über Selma Lagerström zu wissen, habe ich Ihnen schon viel gesagt. Ich hätte es auch verneinen können. Aber ich will Sie nicht für dumm verkaufen. Sie können sich nach unserem Gespräch heute mittag nun einiges zusammenreimen. Und wenn Sie mit dem Reimen fertig sind, werden Sie erkennen, dass die Sache um viele Nummern zu groß für Sie ist. Um sehr viele Nummern sogar. Deshalb halten Sie sich ab jetzt aus der Angelegenheit heraus. Voll und ganz. Haben wir uns verstanden? Vergessen Sie Andreas Köhler, vergessen Sie am besten auch seine Frau. Ist das klar? Und rufen Sie mich nicht mehr an."

„Aber jetzt sagen Sie mir doch wenigstens …", startete Blacky den hilflosen Versuch, Detlef Kruschke bei der Stange zu halten. Doch dann merkte er, dass er bereits ins Leere sprach.

25

Gelassen sah und hörte Martha Grimm zu, wie Kriminalmeister Kilian Urban bei seiner Ermittlung scheiterte. Er befragte das Personal der Glühweinbude nach dem gestrigen Ereignis und erhielt keinerlei befriedigende Antworten. Im Gegensatz zu Martha Grimm begriff er aber den Grund dafür nicht. Und er hatte auch nicht verstanden, was hinter seinem Rücken über ihn gesprochen worden war. Schließlich gab er es auf, nickte der alten Dame mürrisch zu, zog die fellbesetzte Kapuze über den Kopf und trollte sich.

Aus den Fragen, die er gestellt hatte, konnte Martha Grimm einige Erkenntnisse ableiten. Es war eine Schwedin gewesen, die gestern hier Kaffee getrunken hatte und plötzlich nach draußen gerannt war, wo sie mit Schaum vor dem Mund zusammenbrach und starb.

Zyankali, hatte Martha Grimm gedacht. Eindeutig. Also Gift. Das war es aber auch schon. Ein Zusammenhang mit dem Tod ihres Zimmernachbarn bestand offensichtlich nicht. Denn Heinrich war bestimmt nicht an einer Zyankalivergiftung gestorben. In einem solchen Fall waren die Umstände stets dramatisch – so wie bei der Frau aus Schweden. Er dagegen schien friedlich eingeschlafen zu sein. Und er hatte sicher keinen Kaffee getrunken, weil er nur Tee vertrug. Am Abend vor seinem Tod hatte er bei ihrem gemeinsamen Weihnachtsmarktbummel zwei Tassen Glühwein zu sich genommen und wahrscheinlich später noch Rotwein getrunken. Außerdem waren sie auch gar nicht in dieser Glühweinbude hier gewesen. Es gab also offenbar keine Berührungspunkte. Und doch … Die Intuition eines langen Berufslebens bei der Mordkommission, die Martha Grimm gern ihre „innere Stimme" nannte, sagte ihr, dass es irgendwie eine Verbindung geben musste. *„Ich sollte eigentlich vorsichtig sein, das hier gehört zu seiner Welt."* Heinrichs merkwürdiger Satz, den er auf dem Weihnachtsmarkt gesagt hatte, ging ihr nicht aus dem Sinn. Wer war damit gemeint, und was bedeutete es?

Nachdenklich betrachtete sie die Frau, die hinter der Theke mit dem Glühweinkessel beschäftigt war. An ihr hatte sich Kriminalmeister Kilian Urban vorhin die Zähne ausgebissen. Und er hatte keine Ahnung gehabt, weshalb er aus ihr nichts herausholen konnte. Dabei war es offensichtlich gewesen: Die Frau wusste etwas, und sie würde es partout nicht sagen. Martha Grimm glaubte den Grund dafür zu kennen. Aber es war ein heikles Terrain, auf dem sie sich damit bewegte.

Sie stand auf, nahm ihre Tasse mit Glühwein und ging zur Theke.

„Schreckliche Sache", sagte sie leutselig, „das mit der armen Frau gestern."

Die Frau hinter der Theke nickte.

„Ja, wir sind alle schockiert", sagte sie. „Und wir wissen nicht, was passiert ist."

„Ganz schlecht fürs Geschäft, oder?"

„Eine Katastrophe. Wenigstens haben Sie einen Glühwein getrunken."

„Na ja, die Frau gestern hat ja wohl Kaffee getrunken, wie es scheint.“

Der Blick der Frau hinter der Theke wurde misstrauisch.

„Woher wissen Sie das?“

„Ach, ich habe feine Ohren. Um ehrlich zu sein, ich habe ein wenig zugehört, was Sie dem Herrn von der Polizei gesagt haben. Und ich habe auch gehört, dass Sie ihm nicht alles gesagt haben.“

Jetzt wechselte der Blick von misstrauisch zu alarmiert.

„Was meinen Sie damit?“

„Mit wem hat die Frau denn eigentlich Kaffee getrunken?“, fragte Martha Grimm geradeheraus. Eine Frage, die Kriminalmeister Kilian Urban in seiner Unerfahrenheit dummerweise überhaupt nicht gestellt hatte.

„Was geht Sie das an?“ Der Tonfall der Frau war unversehens aggressiv geworden.

„Also hat sie mit jemand Kaffee getrunken“, stellte Martha Grimm trocken fest.

„Drehen Sie mir das Wort nicht im Mund herum. Was wollen Sie überhaupt?“

„Apropos Wort“, fuhr Martha Grimm unbeirrt fort. „Sie haben, als der Herr von der Polizei mit seinen Fragen begann, Ihrem Personal ein interessantes Wort zugeraunt.“

„Was für ein Wort denn?“

„Klisto“, sagte Martha Grimm. „Das finde ich interessant. Denn eigentlich heißt Polizist in der jenischen Sprache ja Butz, nicht wahr? Und die Polizei Butzerei. Das fand ich immer putzig, wenn ich das so sagen darf. Klisto ist doch eigentlich ein Wort aus der Sprache der Sinti und Roma und bedeutet ebenfalls Polizist, oder? Aber Ihr Personal hat danach Jenisch gesprochen. Wieso haben Sie Klisto gesagt?“

Die Frau hinter der Theke wirkte verblüfft und verwirrt.

„Klisto ist heute mehr gebräuchlich", antwortete sie. „Butz sagt man kaum noch. Keine Ahnung, warum. Aber woher wissen Sie das alles?"

„Das ist so ein Hobby von mir. Unbekannte Sprachen."

Sie verschwieg, dass ihr lange verstorbener Mann, Wilhelm Jakob Grimm, ein bedeutender Gelehrter gewesen war, Professor an der Goethe-Universität in Frankfurt, der die Sprache, Herkunft und Kultur der Sinti und Roma erforscht hatte. Er hatte sie manchmal scherzhaft Butz genannt. Seine Einblicke in die Welt des Fahrenden Volkes waren ihr bei der Aufklärung einiger Fälle von Nutzen gewesen.

„Aha", sagte die Frau. Mehr nicht. Sie wandte sich ab und begann mit den Tassen zu hantieren. Martha Grimm war klar, dass sie von ihr nun nichts mehr erfahren würde. Letztlich war sie nicht viel weitergekommen als Kriminalmeister Urban. Trotzdem glaubte sie jetzt mehr zu wissen als er: Jemand hatte mit der Schwedin Kaffee getrunken, und die Frau hinter der Theke deckte ihn – aus welchem Grund auch immer. Vielleicht deckte sie damit sogar einen Mörder. Und warum? Weil sie in die ganze Sache verwickelt war? Oder war sie es gar selber gewesen, die Zyankali in den Kaffee gerührt hatte? Auch das schien möglich.

Martha Grimm seufzte und beschloss, die Angelegenheit auf sich beruhen zu lassen. Sie wusste nichts über die Schwedin, sie sah kein Motiv, und sie hatte keine Zeit mehr, sich diesem Fall zu widmen. Entscheidend war für sie nur, dass sie nun ahnte, was Heinrich Sendner mit seinem seltsamen Satz andeuten wollte.

26

Das Schneetreiben wurde dichter, der Straßenverkehr in Schweinfurt geriet ins Stocken. Die Fahrt die Rhönstraße hinab wurde zur Rutschpartie. Blacky fluchte, was das Zeug hielt. Er hatte längst die Winterreifen aufziehen lassen, aber was nützten Winterreifen, wenn alle anderen um einen herum nicht Auto fahren konnten. Wie immer, wenn in Schweinfurt auch nur ein bisschen Schnee fiel, brach kollektive Panik aus; jeder kroch dahin, bremste im falschen Augenblick viel zu stark, drehte hektisch am Steuerrad, verlor ständig die Spur. Die italienische Barchetta dagegen war eine Meisterin auf glatten Straßen, wenn man ihr mit leichter Hand ihren Willen ließ und für das Spiel zwischen Gaspedal und Bremse die nötige Sensibilität besaß. In elegantem Bogen umfuhr Blacky die Blechschadenunfallstelle an der Einmündung zur Deutschhöfer Straße und sah im Rückspiegel, wie seine Hinterfrau bei einem unsensiblen Bremsversuch den massigen SUV souverän querstellte.

„Alles Idioten", quengelte er und fragte sich, wie eigentlich Manu mit den winterlichen Verhältnissen in Skandinavien klargekommen war. Seiner Erinnerung nach war sie früher eine lausige Fahranfängerin gewesen, er hatte auf dem Beifahrersitz neben ihr mehrfach Blut und Wasser geschwitzt und einmal einen heftigen Streit provoziert, weil er es nicht mehr ausgehalten hatte und an einer Ampel einfach ausgestiegen war. Es fand es beunruhigend interessant, wie viele Erinnerungen seit gestern schon zurückgekommen waren. Die Frage, ob das auch mit den Gefühlen so war, schob er konsequent weit von sich weg.

Beim Anstieg zum Obertor staute sich der Verkehr erneut. Blacky nutzte die Gelegenheit, um noch einmal Kerstin Weiß anzurufen. Sie war nicht erreichbar, er hinterließ auf der Mobilbox die Bitte, ihn so rasch wie möglich zurückzurufen. Dann schlängelte er sich mit der Barchetta im Schneegestöber durch die Stadt und stellte den Wagen schließlich in der Rüfferstraße direkt auf dem kleinen Vorplatz des Justizgebäudes neben einem Streifenwagen der Polizei ab. Er legte das Schild mit der Aufschrift PRESSE auf das Armaturenbrett und betrat das Gericht.

Der Justizwachtmeister hinter der Panzerglasscheibe grinste ihn an.

„Grüß Gott, Herr Schwarz. Für die Presse is heut nix mehr zu holen. Alle Verhandlungen sind scho' rum."

„Da wollte ich auch gar nicht hin. Ich möchte gern den Richter am Amtsgericht Krass sprechen."

„Der is scho' weg. Vorhin gegangen."

„Oh, das ist Pech. Können Sie mir sagen, wie ich ihn erreichen kann? Haben Sie seine Telefonnummer?"

„Seine private? Die darf ich net rausgeben. Auf keinen Fall. Da müssen Sie's morgen wieder probier'. Rufen Sie die Vermittlung an und lassen Sie sich zu ihm durchstell'. Am Vormittag hat er allerdings Sitzung."

„Okay", sagte Blacky. „Aber es wär wichtig und eilt."

„Keine Chance. Das sind strenge Vorschriften. Keine privaten Informationen über Richter und Staatsanwälte."

„Verständlich. Aber trotzdem …" Hartnäckigkeit gehörte

zu den Grundtugenden eines Journalisten, die Erfahrung zeigte immer wieder, dass sich so manche harte Nuss durch Penetranz doch noch knacken ließ. In diesem Fall biss er allerdings auf Granit.

„Aber trotzdem gibt's bei mir net", erteilte ihm der Justizwachtmeister, grantig geworden, den finalen Ablehnungsbescheid. „Da könnt ja jeder komm. Der Herr Engel wird Ihnen das auch bestätigen."

Er machte eine Kopfbewegung Richtung Treppenhaus. Blacky drehte sich um und sah den Amtsrichter Gabriel Engel im Kamelhaarmantel und mit Pelzmütze auf dem Kopf, der offensichtlich gerade gehen wollte. Der Richter fungierte gelegentlich als Pressesprecher des Schweinfurter Amtsgerichts und galt als äußerst umgänglich.

„Lieber Herr Schwarz", sagte er überschwänglich. „Was führt Sie zu uns?"

„Ich wollte zu Ihrem Kollegen, dem Herrn Krass", antwortete Blacky. „Aber er ist wohl schon gegangen."

„In der Tat. Ganz gegen seine Gewohnheit. Aber was wollten Sie denn vom Krass? Kann ich Ihnen nicht helfen?"

„Leider nicht. Es ist nichts Dienstliches. Es geht um einen Freund von ihm."

„Ach", sagte Gabriel Engel. „Der Krass hat einen Freund?"

Sein Grinsen konnte man nur als hinterhältig bezeichnen.

„Man hat es mir zumindest so gesagt."

„Und dieser Freund hat was ausgefressen?"

„Wie kommen Sie denn darauf?"

„Na ja, wenn Blacky Schwarz, der Sherlock Holmes von Schweinfurt, herumstreicht, handelt es sich doch wohl um krumme Dinge, oder?"

„Ich sehe mich eher als Philip Marlowe."

„Ah, Sie mögen mehr die harten Jungs. Schade, ich dachte, Sie würden mich vielleicht als Ihren Doktor Watson engagieren."

So kannten ihn alle, und so mochten ihn auch fast alle: „Unser Engel", stets zu Frotzeleien und Scherzen aufgelegt, freundlich und offen.

„Sind Sie nicht ausgelastet?", stichelte Blacky zurück.

„Ich sitze als Richter halt immer am Ende der Geschichte und soll Gerechtigkeit walten lassen. Manchmal wünsche ich mir tatsächlich, auch mal den ersten Teil der Story hautnah miterleben zu können. Das Werden und Entstehen eines Verbrechens sozusagen. Die kriminelle Tat selber. Und dann die Jagd nach dem Täter. Ich stelle es mir aufregend vor, einem Verbrecher auf die Schliche zu kommen."

„Zum Teil ist das purer Zufall."

„Stellen Sie mir nicht Ihr Licht unter den Scheffel. Sie haben sogar schon die Mörder eines Oberstaatsanwaltes überführt."*

„Ich gebe es zu", sagte Blacky.

„Ich bin gerade auf dem Weg zu meinem nachmittäglichen Kaffee. Haben Sie nicht Lust, unseren kleinen Plausch an einem gemütlicheren Ort als dieser zugigen Eingangshalle weiterzuführen?"

„Warum eigentlich nicht?", antwortete Blacky ein wenig überrascht. Er ahnte, dass das Ganze auf ein sogenanntes Hintergrundgespräch hinauslaufen würde. Und ein Hintergrundgespräch diente in aller Regel dazu, der Presse etwas zu stecken, ohne etwas gesagt zu haben.

* In „Sommernachtstraum" (Schweinfurter Kriminalroman 4)

27

Das Blut auf dem weißen Teppich war zu schwarzen Flecken geronnen. Martin Krass betrachtete sie voller Abscheu. Die Schneeflocken vor dem Fenster seines Wohnzimmers waren weiß und unschuldig. Als Kind hatte er sich gefreut, wenn es schneite. Als Erwachsener war es ihm egal geworden, er hatte es kaum noch wahrgenommen. Gerade, auf dem Weg nach Hause, hatte er den Schnee auf seinem Gesicht gespürt, ja er hatte ihn sogar gerochen. Auf der Höhe des Châteaudun-Parks vor dem Theater war er stehengeblieben und hatte zugesehen, wie sich die Rasenfläche allmählich in ein weißes Leichentuch verwandelte. Ein Leichentuch, das gnädig bedeckte, was dort geschehen war. Dann war ihm ein skurriler Gedanke durch den Kopf geschossen: Endlich wusste nun auch er, was es bedeutete, eine Leiche im Keller zu haben.

Am Morgen hatte er den Schlüssel zu seiner Wohnung mitgenommen und es seinem Freund Andreas Köhler freigestellt, ob er dort bleiben oder gehen wollte.

„Ich muss noch hierbleiben", hatte Andy gesagt. „Ob dir das nun passt oder nicht."

Jetzt saß er in Unterhose und T-Shirt auf dem Sofa vor dem Fernseher. Martin Krass riss sich vom Anblick der schwarzen Flecken los, nahm die Fernbedienung vom Tisch, schaltete den Apparat aus und sagte:

„Showdown."

„Wie bitte?“, fragte Andreas Köhler und sah ihn träge an. Er schien etwas getrunken zu haben.

„Du hast mich richtig verstanden. Showdown. So wie es sich gehört. Wir werden jetzt einen kleinen Spaziergang machen.“

„Kannst du vergessen.“

„Nein. Wir gehen zurück in die Vergangenheit. Dort werde ich die Anklage vortragen, das Urteil verkünden und den Schuldspruch sofort vollstrecken. Damit alles seine Ordnung hat.“

„Sag mal, spinnst du jetzt?“

Martin Krass schüttelte den Kopf, griff in die Tasche des Kaschmirmantels und zog die Pistole heraus. Er richtete die Mündung auf seinen Freund.

Andreas Köhler sprang auf.

„Hast du sie noch alle?“, brüllte er. „Was soll denn das?“

„Ich habe es dir doch gesagt. Wir gehen jetzt unseren letzten Gang. Zieh dich an.“

„Hör mal, Martin.“ Andreas hob beschwichtigend die Hände. „Mach keinen Quatsch. Es ist doch alles in trockenen Tüchern. Ich habe mein Alibi. Und du hast dein Alibi. Wasserdichte Alibis. Besser geht es nicht. Uns kann nichts passieren.“

„Ach, Andy“, sagte Martin Krass. „Ich glaube, du verstehst das alles nicht.“

„Ich geb dir auch was von dem Geld ab. Kein Problem.“

„Am Ende steht nicht das Geld. Niemals. Am Ende steht die Gerechtigkeit. So muss es sein.“

„Lass diese bescheuerten Sprüche. Und nimm die Knarre runter. Wir sind Freunde. Auf immer und ewig. Das weißt du doch.“

„Wir waren Freunde, Andy. Aber du hast unsere Freundschaft verraten. Wärst du zu mir gekommen, weil du Scheiße gebaut hast, und hättest mich um Hilfe gebeten … ich hätte dir geholfen. Doch du hast mich benutzt. Hast alles lange vorhergeplant. Du hast eine ausgeklügelte Intrige gesponnen und mich damit erpresst. Das ist keine Freundschaft. Einen Freund erpresst man nicht. Ich muss dir unsere Freundschaft nicht einmal aufkündigen. Sie hat sich von selbst erledigt. Und jetzt zieh dir was über. Es ist kalt draußen."

28

Sie spürte, wie die Wirkung des Glühweins das erneute Sinnieren beeinträchtigte. Die Gedanken kamen langsam und blieben recht unklar. Wie bei einem Kaleidoskop schoben sich Bilder ineinander, und Martha Grimm hatte Mühe, sie auseinanderzuhalten. Was waren Erinnerungen an Fälle der Vergangenheit, was war ein Einfall von gestern, was eine Überlegung von heute? Doch war es nur der Glühwein? Vielleicht werde ich wirklich allmählich alt, dachte sie ernsthaft und schubste diese alberne Grille sofort wieder weit weg. Sich damit zu beschäftigen, hatte sie immer für den Anfang vom Ende gehalten. Wenn das Ende aber keinen Anfang hatte, konnte es auch kein Ende haben. Sie war sich nicht sicher, ob diese Logik lupenrein war, aber zumindest war sie eine brauchbare Lebenslüge.

Als ihr Handy laut, schrill und ausdauernd klingelte, tastete sie sich in die Wirklichkeit zurück und meldete sich wie immer: „Martha Grimm am Apparat." So hatte sie es als Polizeischülerin gelernt, so hatte sie es beibehalten.

Der Anrufer war Polizeikommissar Lucius Römer.

„Hallo, Oma Martha, ich hoffe, ich störe nicht."

„Aber nein, lieber Lucius. Mich kann man eigentlich gar nicht stören. Wenn ich schlafen will, schalte ich dieses alberne Ding ab. Und wenn ich wach bin, bin ich immer in Bereitschaft."

„Okay“, sagte Lucius Römer. „Ich muss mich kurzfassen. Bei uns hier ist die Kacke am Dampfen. Ich verletze jetzt also ein paar Dienstvorschriften und sage Ihnen unter der Hand, dass das Labor erstaunlich schnell gearbeitet hat. Der Kollege hat gerade angerufen und mir das Ergebnis mitgeteilt. In beiden Gläsern wurden Reste von Rotwein gefunden. Und in einem der Gläser fanden sich Spuren eines sehr starken Beruhigungsmittels. Den Namen habe ich nicht richtig verstanden. Er schickt mir aber einen inoffiziellen Bericht.“

„Irgendetwas Toxisches?“

„Nichts dergleichen. Wenn dem so wäre, hätte ich Ihnen das auch nicht mehr sagen dürfen. Dann wäre es ein Fall für die Mordkommission. Die Information über das Beruhigungsmittel kann ich gerade noch so vertreten. Allerdings habe ich auch da Bauchschmerzen, um ehrlich zu sein. Ich weiß jetzt nicht, wie ich weiter verfahren soll.“

„Lassen Sie es gut sein, Lucius. Ich werde mit meiner Enkelin reden und alles auf meine Kappe nehmen. Es wird ja hoffentlich eine Autopsie geben, dann wird die Sache mit dem Beruhigungsmittel sowieso offiziell. Sie haben mir sehr geholfen. Und wie sieht es sonst an der Front aus? Kommt ihr voran? Ich würde ja helfen, aber …“

„Schon klar, Oma Martha. Wir schaffen das schon. Ich muss jetzt Schluss machen. Oberkommissarin Weiß macht ordentlich Dampf.“

„Kann ich mir vorstellen. Sie ist ja auch meine Enkelin. Am Anfang muss man Dampf machen, bevor die Spuren kalt sind. Also, in Gedanken bin ich bei euch. Tschüs, lieber Lucius.“

Wehmütig betrachtete Martha Grimm ihr Handy. Es war bitter, so nahe an diesen spannenden Fällen zu sein und nicht mitmischen zu dürfen. Aber immerhin, eine Spur hatte sie ja noch, und die begann gerade heiß zu werden. Am besten setzte sie sich gleich noch einmal mit Blacky in Verbindung.

Er meldete sich und klang etwas ungeduldig.

„Ich bin gerade in einem Gespräch", sagte er.

„Es ist aber wichtig", beharrte Martha Grimm. „Ich bin noch auf dem Weihnachtsmarkt, und ich glaube zu wissen, was mein lieber Heinrich gemeint hat. Das muss ich dir unbedingt ausführlich darlegen."

„Aber nicht jetzt. Wir können ja später noch einmal telefonieren."

„Der Neffe", sagte Martha Grimm. „Es war der Neffe. Er gehört zu den Jenischen. Aber das sagt dir wahrscheinlich nichts. Wir müssen ihn ausfindig machen."

„Es gibt keinen Neffen", antwortete Blacky. „Aber es gibt einen Sohn. Heinrich Sendner hatte einen Sohn."

Martha Grimm schwieg einen für sie sehr langen Augenblick.

„Jetzt bin ich aber verblüfft", sagte sie dann.

*

Gabriel Engel versuchte den Gesprächsfaden wiederaufzunehmen. Er hatte für den Nachmittagskaffee das *Six* neben der Kunsthalle vorgeschlagen, nur ein paar Schritte vom Justizgebäude entfernt. Sie saßen am Fenster, und Blacky schaute hinaus auf das Schneegestöber, während er dem Amtsrichter bei seinen gedrechselten Ausführungen zuhörte.

„Natürlich gilt der Grundsatz, dass wir Richter unabhängig sind", dozierte er. „Das heißt aber nicht, dass jeder machen kann, was er will. Doch leider ist es so. Jeder macht, was er will. Auch hier in Schweinfurt. Es werden Urteile gefällt, die einfach haarsträubend sind. Und da wünschte ich mir, dass die Presse …"

Blackys Handy klingelte erneut. Gabriel Engel verstummte. *Kerstin ruft an* stand auf dem Display.

„Die Kripo", sagte Blacky entschuldigend. „Ich muss das kurz klären. – Hallo Kerstin?"

„Ich sollte so rasch wie möglich zurückrufen. Ist das rasch genug?" Sie klang jetzt viel freundlicher als vorhin.

„Ja, natürlich. Danke. Du hast mir doch gestern die Nummer dieses Detlef Kruschke gegeben …"

„Hast du ihn angerufen?"

„Hab ich. Und ich hab mich mit ihm auch getroffen."

„Konnte er dir weiterhelfen?"

„In gewisser Weise schon. Und auch wieder nicht. Er ist ja nicht gerade ein großer Plauderer."

„Das bringt sein Job so mit sich."

„Offensichtlich. Als ich dich gestern gefragt habe, ob nicht besser du ihn anrufen solltest, hast du gesagt: Auf keinen Fall, damit würde ich nur die Pferde scheu machen. Ich wüsste gern mehr über diese Pferde."

„Tut mir leid", sagte sie. „Darüber kann ich nicht reden."

„Haben diese Pferde etwas mit China zu tun? Mit Shanghai?"

Sie schwieg einen Moment.

„Nein", antwortete sie dann. „Eher mit Dubai. Das ist aber schon das Äußerste, was du von mir erfährst."

„Okay", sagte Blacky. „Ich glaube, ich verstehe. Kruschke ist also in die Icedom-Sache verwickelt."

„Kein Kommentar. Was machst du heute abend?"

Blacky zögerte.

„Weiß noch nicht. Auf jeden Fall nehme ich ein heißes Bad."

„Bei dir oder bei mir?"

Eine Frage, die ihn unversehens in die Zwickmühle brachte. Er hatte mit dem Gedanken gespielt, noch einmal nach Dittelbrunn zu fahren. Manu hatte beim Abschied so schutzlos gewirkt. Sie hatte nichts gesagt, aber in ihren Augen hatte er einen Wunsch gelesen.

„Tolles Angebot", sagte er. „Ich muss erst etwas klären. Dann geb ich dir Bescheid."

„Begeisterung klingt anders", meinte Kerstin Weiß. „Aber wie du meinst. Das tolle Angebot gilt nicht unbegrenzt."

„Okay. Du hörst von mir."

Blacky trennte die Verbindung und bemerkte, wie ihn Gabriel Engel belustigt musterte.

„Entschuldigung", sagte er. „Das war jetzt auch privat."

„So hörte es sich an", erwiderte der Richter. „Wo waren wir stehengeblieben?"

„Bei haarsträubenden Urteilen und der Presse."

„Richtig, ja. Also, ich wünschte mir, dass die Presse da kritischer hinschaut. Ihr Wächteramt wahrnimmt. Und nicht nur lapidar über Prozesse berichtet."

„Schwieriges Thema", antwortete Blacky zerstreut. „Das kann ganz schnell in Richterschelte ausarten. Will das jemand?"

„Warum nicht? Wenn beispielsweise ein einzelner Richter meint, seinen Gerichtssaal in ein Tribunal verwandeln zu müssen, und Urteile in die Welt setzt, die ohne Maß und Ziel sind, dann kann die Presse das schon hinterfragen. Denn wer soll es sonst tun? Das Justizsystem sicher nicht. Justitia ist bekanntlich blind. Und schon gar im Blick auf die eigenen Schwächen."

„Meinen Sie da einen bestimmten Richter?"

Nun sah Gabriel Engel angestrengt aus dem Fenster. Er schien mit sich zu kämpfen. Plötzlich schüttelte er heftig den Kopf.

„Wenn man vom Teufel spricht, dann kommt er", sagte er.

29

Weil es sein letzter Arbeitstag vor dem Urlaub war, hatte Kriminalhauptkommissar Wolfram Bayer am Nachmittag noch einmal das Team der Mordkommission zusammengetrommelt, um einen aktuellen Überblick über die Gesamtlage zu erhalten.

„Also, in den Ermittlungen hinsichtlich des Todes von Angela Gheorgiu kommen wir nur zögerlich voran", erklärte Kerstin Weiß. „Sie hat in Schweinfurt schon längere Zeit als Prostituierte gearbeitet und weist eine ganze Latte an Vorstrafen auf. Allerdings immer nur wegen kleinerer Diebstähle. Geldstrafen, Bewährungsstrafen. Interessant ist jedoch, dass sie ausgerechnet gestern, also am Tag ihres Todes, eine Verhandlung vor dem Amtsgericht hatte. Sie hat diesmal einen Freispruch kassiert. Rechtsanwalt Demir hat sie rausgehauen. Ich habe mit der Staatsanwältin telefoniert, die in der Sitzung dabei war. Demir hat den Amtsrichter Krass wohl ganz schön drangsaliert. Sie meinte, es sei ziemlich einmalig gewesen, dass sich der Krass so in die Enge habe treiben lassen. Ich werde mit dem Rechtsanwalt morgen darüber sprechen, ob er mehr über seine Mandantin weiß. Aber eine Spur ist das sehr wahrscheinlich nicht."

„Und was macht die Mafia?", fragte Bayer sarkastisch und deutete mit dem Zeigefinger so auf Kriminalkommissar Lucius Römer, als ob er ihn erschießen wollte.

„Ich bin dran", versicherte Lucius Römer. „Die Kollegen von der organisierten Kriminalität haben mir versprochen, so schnell wie möglich einen Kontaktmann zum rumänischen Milieu aufzutun. Aber das braucht halt seine Zeit."

„Ist mir klar. Kommen wir zu der Giftmischerei. Wissen wir jetzt schon mehr über diese Schwedin?"

„Allerdings", antwortete Kriminalkommissarin Marion Werner. „Selma Lagerström ist ein hohes Tier bei SKF. Stellvertretende Leiterin der Abteilung für innere Sicherheit bei der Zentrale in Göteborg. Es heißt, sie sei zu internen Ermittlungen nach Schweinfurt gekommen. Leider hält man sich darüber sehr bedeckt. Keiner will so wirklich mit der Sprache herausrücken. Und der, der vielleicht etwas sagen könnte, ist nicht greifbar. Hat angeblich Urlaub, aber keiner weiß, wo er steckt."

„Andreas Köhler", sagte Kerstin Weiß.

Marion Werner sah sie verblüfft an.

„Wieso steckst du deine Nase in meinen Fall?", fragte sie giftig. „Und woher weißt du das?"

„Ich weiß nichts", erwiderte Kerstin Weiß spitz. „Blacky Schwarz hat mir nur gestern von ihm erzählt. Er kennt Köhlers Ehefrau, und die vermisst ihren Mann. Angeblich ist er seit zwei Tagen oder so verschwunden."

„Blacky", knurrte Wolfram Bayer. „Schnüffelt der auch schon wieder rum? Er kann's nicht lassen, oder? So wie früher Pater Brown. Kennt jemand noch den Film mit Heinz Rühmann?"

„O ja", sagte Kerstin Weiß. „Den musste ich immer mit meiner Oma gucken."

„Die kann's auch nicht lassen", meinte Bayer. „Wie geht's

ihr eigentlich? Ich habe sie schon mindestens eine Woche nicht mehr gesehen."

„Vielleicht triffst du sie ja auf Gran Canaria. Sie fliegt übermorgen dahin, um den Winter dort zu verbringen."

„Ach du grüne Scheiße. Sag ihr bloß nicht, dass ich auch dort bin. Sonst macht sie mich noch ausfindig und will Fachgespräche führen."

„Ich werde schweigen", versprach Kerstin Weiß. „Wenn sie es in der Kantine nicht eh schon aufgeschnappt hat."

„Weiß doch keiner. Aber zurück zur Sache. Wie geht's weiter?"

„Wir müssen diesen Andreas Köhler auftreiben", sagte Marion Werner. „Er könnte der Schlüssel sein."

„Gut, dann habt ihr ja genug zu tun", sagte der Leiter der Mordkommission. „Und weil aller guten Dinge drei sind, haben wir noch einen weiteren Fall. Die Staatsanwaltschaft hat mich informiert, dass sich bei einer Verdachtsobduktion der dringende Hinweis auf ein Tötungsdelikt ergeben hat. Es handelt sich um einen alten Mann aus der Seniorenresidenz ‚Goldener Herbst', der höchstwahrscheinlich im Schlaf mit einem Kissen erstickt worden ist."

„O nein", rief Kerstin Weiß. „Das darf doch nicht wahr sein."

Alle sahen sie verwundert an.

„Meine Oma … Sie geht mir seit gestern mit dieser Geschichte auf den Keks."

Kerstin Weiß berichtete kurz, was ihr Martha Grimm über die angeblichen Umstände des Todes von Heinrich Sendner unterzujubeln versucht hatte.

„Tja", sagte Kriminalhauptkommissar Bayer trocken, „vielleicht sollten wir die Kollegin Grimm doch noch zu uns ins Team holen. Die richtige Nase hat sie ja. Und wir sind unterbesetzt."

„Wolfram", sagte Kerstin Weiß, „red nicht so ein Blech."

Dann piepte ihr Handy. *Christian ruft an* leuchtete auf dem Display. Sie drückte den Anruf weg.

30

Mit der rechten Hand hatte Martin Krass die Pistole weiterhin auf Andreas Köhler gerichtet, mit der linken Hand hatte er sein Handy aus der Manteltasche gefischt. Dann hatte er zwei Anrufe getätigt.

„Du bist ja völlig verrückt“, hatte Andreas Köhler danach geschrien.

„Wenn du dich nicht anziehst, kommst du so mit.“

„Und wenn ich mich weigere?“

„Werde ich dir als erstes eine Kugel in den Oberarm ballern. Du weißt, ich war immer ein guter Schütze.“

„Ja, damals auf den Rummelplätzen“, höhnte Andreas Köhler.

„Auf diese Entfernung treffe ich immer noch, was ich will.“

Andreas Köhler war in seine Hose geschlüpft, hatte sich ein Sweatshirt übergestreift, war fluchend in den Flur gegangen, hatte dort Schuhe und Jacke angezogen. Martin Krass war ihm gefolgt, hatte ihn nicht aus den Augen gelassen, hatte aufmerksam beobachtet, wie der Mann, den er seinen besten Freund genannt hatte, auf eine Gelegenheit lauerte, ihm die Pistole zu entreißen.

„Wenn du mich angreifst, werde ich schießen“, hatte er gedroht.

„Arschloch!“

„Wir werden jetzt die Wohnung verlassen. Du gehst drei Schritte vor mir. Du drehst dich nicht um. Und du wirst genau das tun, was ich dir sage. Los, mach die Tür auf!"

Andreas Köhler war zur Tür gegangen, hatte sie halb geöffnet und mit einer flinken Bewegung versucht, durch den Spalt zu schlüpfen. Doch bevor es ihm gelungen war, die Tür hinter sich zu schließen, war Martin Krass bei ihm gewesen und hatte ihm die Pistole an die Schläfe gehalten.

„Keine Chance, Freundchen", hatte er gesagt.

„Scheiße!", fluchte Andreas Köhler. „Verfickte Scheiße!"

Im Treppenhaus war ihnen niemand begegnet. Die Roßbrunnstraße war nahezu menschenleer. Es schneite immer noch, ein Räumfahrzeug pflügte den Schnee auf der Fahrbahn beiseite. Martin Krass hatte den rechten Ärmel seines Mantels weit nach vorne gezogen, um die Pistole zu verdecken. Nur ihr Lauf ragte wie ein langer schwarzer Zeigefinger heraus und deutete auf den Rücken von Andreas Köhler.

Auf Höhe der Kunsthalle befahl Martin Krass:

„Wir überqueren jetzt die Straße und gehen dann über den Platz vor der Kunsthalle Richtung Stadtmauer zu der kleinen Gasse bei dem Chinarestaurant. Und lauf nicht so schnell. Wir haben Zeit."

Andreas Köhler drehte den Kopf und warf einen Blick über seine linke Schulter zurück. Er sah den Lauf der Pistole und ballte in ohnmächtiger Wut die Hände in den Jackentaschen zu Fäusten, bis es ihm wehtat.

*

Nach dieser Neuigkeit hatte Martha Grimm einen zweiten Glühwein gebraucht. Sie saß mit der Tasse am Tisch und sortierte ihre Gedanken. Es war kein träumerisches Sinnieren mehr, sondern ein hellwaches, scharfsinniges Kombinieren. Ein Sohn … Heinrich Sendner hatte also einen Sohn gehabt. Darauf wäre sie nie gekommen. Nichts, aber auch gar nichts in seinem Wesen hatte das angedeutet. Den vorgeblichen Neffen hatte er nur einmal erwähnt, und das waren neutrale Worte gewesen. Kein Anzeichen dafür, dass sich dahinter etwas anderes, eine eigene Geschichte, eine Lebenslüge, eine Doppelbödigkeit, vielleicht sogar eine Familientragödie verbergen könnte. Heinrich war ein beschwingter, kultivierter Senior gewesen, der mit sich im Reinen schien, seine Bücherschätze pflegte und es sich gutgehen ließ. Warum hatte er nie von seinem Sohn gesprochen?

Dafür konnte es viele Gründe geben. Vielleicht hatten sie irgendwann miteinander gebrochen, das kam vor, der Konflikt zwischen Vater und Sohn war ein Klassiker, geboren aus Enttäuschung, Unverständnis, entgegengesetzten Ansichten vom Leben. Oder er hatte sich seines Sohnes geschämt. Warum auch immer. Vielleicht war er ein missratener Nichtsnutz. Oder er hatte etwas auf dem Kerbholz, was der prinzipientreue frühere Justizoberamtsrat nicht akzeptieren, nicht verzeihen konnte. Martha Grimm hielt das alles für möglich. Und dann stellte sie sich eine weitere Frage: Wer war eigentlich die Mutter? Und wo war sie?

Es hatte sie immer gewundert, dass Heinrich Sendner offenbar nie verheiratet gewesen war. Ein gutsituierter, gebildeter Mann wie er, der über vorzügliche Manieren verfügte und die angenehmsten Umgangsformen hatte, hätte alle Chancen dieser Welt gehabt, eine Frau zu finden. Aber andererseits gab es nun einmal überzeugte Junggesellen, die man neudeutsch Singles nannte. Sie hatten darüber nie gesprochen, obwohl es sie durchaus interessiert hätte. Doch

Heinrich hatte trotz seiner verbindlichen Art immer eine unnahbare Verschlossenheit signalisiert, was seine innersten Gedanken und Gefühle hätte betreffen können. Und sie hatte es respektiert und ihm nie Fragen dazu gestellt.

Martha Grimm versuchte, sich diesen Sohn vorzustellen. *„Ich sollte eigentlich vorsichtig sein, das hier gehört zu seiner Welt"* … Wenn sich diese Bemerkung Heinrichs auf seinen Sohn bezogen hatte – und daran hatte sie eigentlich keinen Zweifel mehr -, dann bedeutete das ja zweierlei: Dieser Sohn hatte mit dem Milieu auf dem Weihnachtsmarkt zu tun, war vielleicht einer der Geschäftstreibenden dort, gehörte auch zu den Jenischen – und entweder hatte Heinrich Sendner befürchtet, ihm dort zu begegnen, oder er hatte sogar Angst vor ihm gehabt. Aber letztlich waren das nur spekulative Gedanken; es war der fragwürdige Versuch, ein Puzzle zusammenzusetzen, dessen Gesamtbild sie nicht kannte.

In Fahrt gekommen spann sie den Faden weiter. Was war am Abend und in der Nacht vor Heinrichs Tod geschehen? Er hatte sich im Gang von ihr verabschiedet. Heinrich hatte dann offenbar noch einen Gast gehabt, mit dem er Wein getrunken hatte. Konnte das sein Sohn gewesen sein? Musste er da plötzlich nicht mehr vorsichtig sein? Warum? Wie auch immer, Heinrich schien mit dem Wein ein Beruhigungsmittel verabreicht worden zu sein. Ob das allein zum Tod führen konnte, würde die Obduktion klären. Aber vielleicht wurde auch nachgeholfen. Martha Grimm ging im Museum ihrer Erinnerungen spazieren. Es gab dort viele Ausstellungsvitrinen. Sie sah unter anderem ein Kopfkissen, ein großes Kopfkissen … Das war eine Möglichkeit, die so gut wie keine äußeren Spuren hinterließ …

Sie seufzte laut und vernehmlich. Was halfen all diese

Gedanken, Überlegungen und Spekulationen, wenn sie nicht richtig ermitteln durfte: Einen Obduktionsbericht lesen, Zeugen befragen, einen Verdächtigen in die Zange nehmen. Stattdessen würde sie sich wieder damit begnügen müssen, ihrer Enkelin als Bittstellerin in den Ohren zu liegen, um von ihr dann hochmütig abgewiesen zu werden. Sollte sie sich das wirklich wieder antun? Oder doch einfach nach Gran Canaria verduften und alles auf sich beruhen lassen? Nein, das kam nicht in Frage. Und der nächste Schritt war ja eigentlich klar: Sie musste in Erfahrung bringen, ob eine Obduktion stattgefunden hatte, und deren Ergebnis studieren.

Wie immer, wenn bei Martha Grimm der Tatendrang die Oberhand gewann, klatschte sie fröhlich in die Hände und trank in kleinen Schlückchen ihren Glühwein weiter.

*

Blacky war dem Blick von Gabriel Engel gefolgt. Zwei Männer stapften durch den Schnee auf dem Platz vor der Kunsthalle, die früher einmal das Ernst-Sachs-Bad gewesen war. Sie gingen hintereinander und kamen direkt auf das *Six* zu, ein paar Schritte Abstand trennten sie.

„Da ist er ja, der Kollege Krass“, sagte Gabriel Engel. „Komisch, oder?“

„Wer von beiden?“, fragte Blacky.

„Der hintere mit dem blauen Mantel. Was hält er denn da in der Hand?“

„Weiß nicht“, sagte Blacky. „Kennen Sie den anderen?“

„Irgendwie ja. Er ist mir mal über den Weg gelaufen. Ich glaube, er ist so ein Sicherheitsfuzzi bei SKF. Köhler oder so.“

„Oha!“, rief Blacky. Ein Ausdruck, den er auf den Tod

nicht leiden konnte. Er war ihm unwillkürlich herausgerutscht. Die beiden Männer befanden sich nun unmittelbar vor dem Fenster. Er sprang auf, um besser sehen zu können. Der vordere zeigte eine harte, verbissene Miene. Er wirkte angespannt. Der zweite, den Gabriel Engel als seinen Kollegen Krass benannt hatte, schien die Ruhe selbst. Es war kein Lächeln, das auf seinem Gesicht lag, sondern eine Art Entrücktheit, als ob er in eine weite Ferne blicken würde. Den rechten Arm hielt er sonderbar angewinkelt.

„Ist das etwa eine Pistole, was er da hat?“, fragte Gabriel Engel aufgeregt.

Blacky sah genauer hin. Was da aus dem Ärmel von Richter Krass herausragte, schien tatsächlich der Lauf einer Pistole zu sein.

„Ja“, bestätigte er. „Er hat sie auf den Rücken seines Freundes gerichtet.“

„Seines Freundes?“

„Wenn dieser Mann Andreas Köhler ist, dann ist er der Freund von Krass. Was geht da vor sich?“

Die Männer liefen weiter in Richtung Stadtmauer und verschwanden aus dem Blickfeld.

„Das muss ich mir anschauen“, sagte Blacky. Er nahm seine Jacke von der Stuhllehne und zog sie sich über.

„Ich auch“, erklärte Gabriel Engel und griff nach dem Kamelhaarmantel und der Pelzmütze. „Aber ich muss erst noch bezahlen.“

„Dazu ist keine Zeit“, drängte Blacky. „Wir müssen hinterher.“

„Ich kann doch nicht die Zeche prellen.“

„Sagen Sie Bescheid, dass Sie später zurückkommen. Man kennt Sie hier doch. Los, los!“

Blacky riss die Tür auf, querte den Windfang des *Six* und stürmte ins Freie. Er wandte sich nach rechts und und rannte um die Ecke. Gabriel Engel folgte ihm keuchend. Sie sahen noch, wie die beiden Männer die Stufen zur Hirtengasse erreichten.

31

Martin Krass trieb Andreas Köhler, den er ein ganzes Leben lang seinen Freund genannt hatte, durch die Stadt. Von der Kunsthalle über die Hirtengasse zum Jägersbrunnen. Sie trafen kaum auf Passanten, und wenn, bemerkte niemand, was da vor sich ging. Am Roßmarkt belebte sich die Straße. Martin Krass, der immer drei Schritte Abstand gehalten hatte, holte auf, stieß Andreas Köhler den Lauf der Pistole in den Rücken und zischte:

„Wenn du Faxen machst, schieß ich dich über den Haufen."

Andreas Köhler drehte sich halb um.

„Wirklich?"

Dann sah er den Ernst, die Unerbittlichkeit und den Hass in den Augen von Martin Krass. Er ging weiter und gierte, wie schon die ganze Zeit, nach einer passenden Gelegenheit, die Flucht zu ergreifen. Doch der Richter hinter ihm beobachtete jede seiner Bewegungen und hielt den Finger ständig am Abzug.

Sie überquerten den Roßmarkt. Friederike Vogler stand vor ihrer Buchhandlung und rauchte eine Zigarette. Martin Krass wandte den Kopf ab. Die Buchhändlerin war mit einem hochrangigen Juristen verheiratet und kannte ihn. Da sie stets zu einem Schwätzchen aufgelegt war, bestand die Gefahr, dass sie versuchen würde, ihn aufzuhalten.

Es war, als hätte Andreas Köhler den Moment seiner

Unaufmerksamkeit geahnt. Ein Stadtbus bog aus der Hohen Brückengasse in den Roßmarkt ein, Andreas Köhler büxte nach links zur Seite aus, knapp vor den Bus. Hupen und ächzendes Bremsgeräusch. Der Bus kam auf der schneeglatten Fahrbahn ins Rutschen, schlitterte auf Martin Krass zu. Er musste ausweichen, verlor fast den Stand, Andreas Köhler war hinter dem Bus verschwunden. Martin Krass rannte los, am Bus entlang, an dessen Heck nach links. Er sah, wie Andreas Köhler quer über den Roßmarkt spurtete. Er wusste, dass er keine Chance hatte, ihn einzuholen. Andy war immer der weitaus Sportlichere gewesen, und jetzt lief er um sein Leben.

Martin Krass hob die Pistole in Augenhöhe und zielte. Dann ließ er sie wieder sinken. Zu viele Menschen, die ins Schussfeld geraten konnten. Er bemerkte, dass er von allen Seiten angestarrt wurde, und er hörte, wie Martinshörner von überall her näher kamen.

*

In der Hirtengasse hatten sie gesehen, wie die beiden Männer vor ihnen nach links in den Jägersbrunnen abgebogen waren. Blacky hatte sein Handy herausgeholt und versucht, Kriminaloberkommissarin Kerstin Weiß zu erreichen. Sie hatte den Anruf weggedrückt. Gabriel Engel hatte derweil die 110 gewählt.

„Vermutlich eine Geiselnahme“, hatte er gesagt. „Ein bewaffneter Mann, der offenbar einen zweiten mit einer Pistole bedroht. Die Personen bewegen sich zu Fuß in Richtung Roßmarkt.“

„Ich weiß nicht, ob es vernünftig ist, jetzt schon die Kavallerie anzufordern“, hatte Blacky eingewandt. „Vielleicht wäre es besser gewesen, ihnen erst einmal zu folgen und zu schauen, wie sich die Situation entwickelt."

„Und wenn dann was passiert, sind wir die Dummen", hatte Gabriel Engel geantwortet.

„Trauen Sie Ihrem Kollegen zu, dass er schießt?"

„Dem trau ich alles zu."

„Haben Sie irgendeine Ahnung, was da los sein könnte?"

„Nicht die geringste."

„Da vorne sind sie", hatte Blacky gesagt, als sie den Roßmarkt erreicht hatten. Dunkle Schemen im fahlen Licht der frühen Dämmerung, eingehüllt von dicken Schneeflocken.

„Wir müssen näher ran."

Sie hatten ihre Schritte beschleunigt und waren nur noch wenige Meter hinter den beiden, als ein Stadtbus in den Roßmarkt einbog und der Mann, den Blacky für Andreas Köhler hielt, plötzlich vor dem Bus nach links ausscherte und in großen Sprüngen wegrannte. Sie sahen, wie Martin Krass dem Bus auswich, ins Stolpern kam, um den Bus herumlief, mitten auf dem Roßmarkt stehenblieb und die Pistole hob.

„Scheiße", sagte Blacky, „jetzt knallt's."

Schrille Töne von Martinshörnern aus allen Richtungen. Martin Krass senkte die Hand mit der Pistole. Den Bruchteil eines Moments schien alles wie eingefroren, Andreas Köhler im Sprung wie erstarrt. Dann rutschte er aus, stürzte auf die Straße. Er rappelte sich wieder hoch, doch da war Martin Krass bereits bei ihm und presste die Pistole an seinen Hinterkopf. Durch die Manggasse jagte ein Polizeifahrzeug auf die beiden zu.

*

Die Polizeibeamten sprangen aus dem Wagen und rissen ihre Dienstpistolen aus den Halftern.

„Lassen Sie die Waffe fallen!“, schrie einer von ihnen.

Martin Krass schüttelte den Kopf.

„Wenn Sie nur einen Schritt näherkommen, erschieße ich diesen Mann“, sagte er. „Legen Sie die Schießprügel auf das Dach der Blechkiste und machen Sie die Mücke.“

„Das ist der Jargon unserer Kindheit, Martin“, raunte ihm Andreas Köhler zu. „Was soll das alles werden?“

„Halt die Klappe“, sagte Martin Krass.

Die Polizeibeamten tauschten Blicke miteinander aus, dann legten sie die Waffen auf das Dach des Einsatzfahrzeuges, blieben aber daneben stehen.

„Setzen Sie sich ins Auto“, befahl Martin Krass. „Schließen Sie die Türen. Und informieren Sie Ihre Kollegen über Funk, dass sie Abstand zu halten haben. Das SEK können Sie gleich zum Marktplatz schicken. Dort wird Gericht gehalten werden.“

32

„Der Glühwein hat Ihre Wangen etwas zum Glühen gebracht“ – das war Heinrichs letzter Scherz gewesen, mit dem er sich vorgestern abend von ihr verabschiedet hatte. Traurig rief sie sich sein schelmisches Gesicht mit den vielen Fältchen in Erinnerung, als sie daran dachte. Denn auch jetzt glühten ihre Wangen, und sie spürte die kalten Schneeflocken wie kleine Nadelstiche auf der Haut. Dann merkte sie, dass sie nicht mehr ganz sicher auf den Beinen war. In der frischen Luft zeigten die zwei Tassen Glühwein ihre Wirkung. Aber es waren ja nur ein paar Meter bis zum Taxistand und dann wenige Minuten Fahrt zur Seniorenresidenz, wo sie vor dem Abendessen ein erholsames Schläfchen halten würde. Das war der Plan, und Martha Grimm begann, sich durch das Gewühl um sie herum vorwärtszukämpfen. Der Schneefall in den letzten Stunden hatte die Schweinfurter offensichtlich dazu animiert, in Scharen auf den Weihnachtsmarkt zu strömen, um Vorweihnachtsstimmung in passender weißer Dekoration zu zelebrieren.

Nur die Martinshörner, die durch die Stadt gellten, störten die romantische Atmosphäre. Doch Martha Grimm liebte diesen Sound. Als sie vor einigen Jahren noch einmal in New York gewesen war, hatte sie nachts am Fenster ihres Hotelzimmers gestanden und dem Jaulen der Feuerwehrautos, Ambulanzen und Polizeifahrzeuge gelauscht. Und auch jetzt hielt sie inne und fragte sich, was um alles in der Welt denn los sei im kleinen, beschaulichen Schweinfurt. Sie würde den Taxifahrer fragen, denn Taxifahrer waren immer auf dem laufenden.

Sie war vor der Weihnachtskrippe stehengeblieben, atmete ein paarmal tief durch und wollte sich wieder in Bewegung setzen, als sie aus einer Budengasse heraus eine laute Stimme hörte. Es war kein Schreien, mehr ein durchdringendes Rufen, wie von einem Händler, der in einer Art Singsang seine Waren anpries. Und dann fiel ihr ein, dass sie früher oft Ähnliches gehört hatte: wenn Schrotthändler, Scherenschleifer oder Bürstenbinder durch das nordhessische Dorf ihrer Kindheit gezogen waren und so auf sich aufmerksam gemacht hatten. Es war ein fremder Klang in dieser Stimme, und als sie näher kam, erkannte Martha Grimm die Sprache der Jenischen. Sie verstand nur einzelne Brocken, aber sie begriff, dass diese Stimme die zusammenrief, die dieser Sprache mächtig waren.

Sie drehte sich um, und zu ihrer Verwunderung stand plötzlich Heinrich Sendner vor ihr. Ihr Heinrich … allerdings waren die Fältchen aus seinem Gesicht verschwunden, und er war erstaunlicherweise um viele Jahre jünger geworden.

*

Blacky hatte den Polizeibeamten seinen Presseausweis gezeigt, Gabriel Engel hatte umständlich einen Dienstausweis der Justizbehörden hervorgekramt – deshalb durften sie sich dem Pulk von Polizisten anschließen, der in einigem Abstand den beiden Männern über den Georg-Wichtermann-Platz und durch die schmale Keßlergasse folgte. Kaum einer der eiligen Fußgänger bekam es mit, dass ein Mann im blauen Kaschmirmantel eine Pistole auf einen Mann vor ihm gerichtet hielt; sie wunderten sich nur über das beträchtliche Aufgebot an Polizei, das plötzlich zu sehen war. Die Kakophonie der Martinshörner war immer mehr angeschwollen und umkreiste die gesamte Innenstadt. Weil in Schweinfurt Gerüchte blitzschnell die Runde machen, hieß es schon innerhalb weniger Minuten, dass auf dem Weihnachtsmarkt ein terroristischer Anschlag verübt worden sei. Die Zahl angeblicher Todesopfer stieg von Sekunde zu Sekunde: erst waren es nur zwei, dann gleich mindestens zwanzig. Was kaum jemand, selbst Mütter mit Kinderwägen nicht, davon abhielt, sich sofort Richtung Marktplatz in Bewegung zu setzen.

Am Ende der Keßlergasse gelang es Blacky, sich an den Polizeibeamten vorbeizuschmuggeln; er schlängelte sich durch die Menschenmenge, bis er auf gleicher Höhe mit Martin Krass war. Der war nun ganz dicht bei Andreas Köhler und hielt ihm die Pistole an den Hinterkopf. Dann vernahm Blacky durch den Geräuschteppich ringsherum, wie der Richter damit begann, laut zu rufen. Er tat es in einer Sprache, die Blacky nie gehört hatte. Vereinzelt waren Wörter zu verstehen, die wie altertümliches Deutsch klangen. Und es schien, als ob in einigen Verkaufsbuden Frauen und Männer darauf reagierten, sie kamen heraus, starrten Martin Krass und Andreas Köhler an, flüsterten miteinander und folgten schließlich den beiden Männern, so als ob Martin Krass der Rattenfänger von Hameln gewesen wäre.

*

„Bleib stehen!“, befahl Martin Krass. „Es ist so weit.“

Andreas Köhler und er standen in der Mitte des Schweinfurter Weihnachtsmarktes. Um sie herum hatte sich ein Kreis von Neugierigen gebildet, den Polizeibeamte immer weiter zurückzudrängen versuchten.

„Lassen Sie die Menschen da, wo sie sind“, rief Martin Krass. „Ihnen wird nichts geschehen. Die Verhandlung ist öffentlich.“

Andreas Köhler hatte sich zu ihm umgedreht.

„Du hast dermaßen einen an der Waffel“, giftete er. „Warum machst du alles kaputt?“

„Das wirst du gleich erfahren“, schnauzte Martin Krass ihn an. Er sah sich um. Dann nickte er Staatsanwalt Thorsten Storg und Rechtsanwalt Okan Demir zu, als er sie bei der Weihnachtskrippe erblickte. Er sagte noch einmal laut und vernehmlich einige Sätze in der fremden Sprache und fuhr schließlich auf Deutsch fort:

„Die Gerichtssprache ist Deutsch. Ich eröffne hiermit die Hauptverhandlung gegen Andreas Köhler und mich. Damit alles seine Ordnung hat, habe ich Staatsanwalt Storg als Anklagevertreter und Rechtsanwalt Demir als Verteidiger hierherbestellt. Wie ich gerade in unserer Sprache erklärt habe, fungieren die anwesenden Brüder und Schwestern des jenischen Volkes als Geschworene. Alle anderen mögen sich als Zeugen des Geschehens und als Zuschauer betrachten, die dieser öffentlichen Gerichtsverhandlung beiwohnen.“

★

„Er ist verrückt geworden“, sagte Staatsanwalt Thorsten Storg zu Rechtsanwalt Okan Demir. „Völlig übergeschnappt. Er hat mich vorhin angerufen und gebeten, sofort auf den Marktplatz zu kommen. Da wirkte er noch völlig normal. Wie ist so etwas möglich?"

„Warten Sie ab", erwiderte Okan Demir. „Ich denke, es wird gleich eine Bombe hochgehen."

„Eine Bombe?" Der Staatsanwalt blickte sich erschrocken um. „Sie meinen, man will uns in die Luft sprengen?"

„Nein, es ist nur rhetorisch gemeint. Er hat auch mich angerufen und gesagt, er werde die Bombe demnächst platzen lassen. Und ich fürchte, ich weiß, was er meint."

„Ja was denn?"

„Sie werden es wohl gleich erfahren. Machen Sie sich auf etwas gefasst. Ich fürchte, dass Richter Krass ein Mörder ist."

„Wie bitte?"

In diesem Augenblick trat eine alte Dame mit silbernen Locken auf die beiden zu.

„Herr Staatsanwalt", sagte sie. „Gut, dass ich Sie treffe. Ich war ja gestern bei Ihnen, um die Obduktion des verstorbenen Heinrich Sendner aus der Seniorenresidenz ‚Goldener Herbst' anzuregen. Leider bin ich nicht darüber informiert worden, ob sie stattgefunden hat und zu welchem Ergebnis sie gegebenenfalls führte. Ich hoffe aber sehr, dass Sie der Angelegenheit nachgegangen sind. Und ich darf Sie als ehemalige Kriminalhauptkommissarin darüber in Kenntnis setzen, dass ich diesen Mann da für den Mörder von Heinrich Sendner halte."

Martha Grimm deutete mit ausgestrecktem Zeigefinger auf Andreas Köhler, der von einem ihr unbekannten Mann mit einer Pistole bedroht wurde.

*

„Verstehen Sie das alles?“, fragte Gabriel Engel. Er hatte es geschafft, mit Hilfe seines Dienstausweises die Polizeiabsperrung zu passieren, und war wieder an Blackys Seite aufgetaucht.

„Nicht alles“, antwortete Blacky. „Aber einiges schon. Dieser Andreas Köhler ist höchstwahrscheinlich ein Mörder. Sogar ein Doppelmörder.“

„Was Sie nicht sagen“, meinte Gabriel Engel. „Wen hat er denn umgebracht?“

„Ich glaube, das werden Sie gleich hören. Sie wollten doch schon immer mal die Jagd nach einem Täter hautnah erleben. Jetzt sind Sie in vorderster Reihe mit dabei.“

„Mein lieber Holmes“, sagte Gabriel Engel. „Ich staune Bauklötze.“

33

„Ich erhebe Anklage gegen diesen Mann", sagte der Richter Martin Krass mit fester Stimme. „Sein Name ist Andreas Köhler. Er war mein Freund seit Kindheitstagen. Jeder aus meinem Volk weiß, was das bedeutet. Ein solcher Freund ist wie ein Bruder. Man ist ein Leben lang füreinander da. Einer steht für den anderen ein. Für immer und ewig. So war das, so ist es, und so soll es auch in Zukunft sein. Andreas Köhler hat dieses Gesetz unseres Volkes gebrochen. Er hat mich, seinen Freund, hintergangen und für seine finsteren Zwecke missbraucht. Er hat mich nicht offen und ehrlich um Hilfe gebeten, als er seine Probleme nicht mehr allein bewältigen konnte. Ich hätte ihm jede Hilfe gewährt, zu der ich fähig gewesen wäre. Aber er hat heimtückisch das Netz einer Intrige um mich gesponnen. Er hat mich auf gemeine Art und Weise erpresst. Und er hat das Schlimmste getan, was ich mir vorstellen kann: Er hat mir, einem gesetzestreuen Richter dieses Landes, die Ehre genommen und mich zum Verbrecher gemacht."

Martin Krass schwieg und sah in den abendgrauen Himmel, als wollte er seinen Worten nachblicken, wie sie dort oben irgendwo verhallten. Dann fuhr er fort:

„Ich klage Andreas Köhler des Verrates an einem Freund an. Ich klage ihn des Mordes an der schwedischen Staatsangehörigen Selma Lagerström an. Ich spreche ihn dafür im Namen unseres und des ganzen Volkes schuldig."

Auf dem Weihnachtsmarkt war Bewegung entstanden. Ein schwerbewaffnetes Einsatzkommando der Polizei war aufmarschiert, hatte einen Ring um Martin Krass und Andreas Köhler gezogen, blieb aber auf Abstand. Ein rätselhaftes Lächeln glitt über das Gesicht des Richters.

„Ich erhebe Anklage gegen mich selbst", sagte er. „Ich klage mich des Mordes an Angela Gheorgiu an. Ich habe sie heimtückisch umgebracht, weil ich irrtümlich glaubte, mich damit aus dem Netz der gemeinen Intrige befreien zu können. Ich bin der Richter, der zum Mörder wurde. Ich spreche mich dafür im Namen des Volkes schuldig. Und da mir keine Zeit mehr bleibt, weil gleich die Staatsmacht zuschlagen wird, verkünde ich nun das Urteil: Die Angeklagten werden hiermit zum Tod verurteilt. Das Urteil wird sofort vollstreckt. Ich bin der Richter, der zum Henker wird."

Martin Krass krümmte den Finger am Abzug der Pistole. Ein Augenblick, der zur Ewigkeit wurde. Dann schoss er.

34

Am Abend führte Kriminaloberkommissarin Kerstin Weiß die Vernehmung durch. Sie dauerte mehrere Stunden.

Es hatte heftig geschneit, als sie am späten Nachmittag auf dem Weihnachtsmarkt eingetroffen war. Sie war stinksauer gewesen, weil die Information über die Geschehnisse dort zu spät bei der Mordkommission eingegangen war. Die Dinge hatten längst ihren Lauf genommen, Beamte des Einsatzkommandos hatten eine Festnahme durchgeführt, die Leiche lag zugedeckt vor der Weihnachtskrippe, der Schnee hatte das Blut ringsum fast ganz zugedeckt. Zeitgleich mit ihr war die Spurensicherung angekommen und hatte sich an die Arbeit gemacht.

Ihre Laune war nicht besser geworden, als dann Blacky und Martha Grimm vor ihr standen und trotz des Ernstes der Situation ein triumphierendes Lächeln im Gesicht trugen.

„Du kommst spät", sagte Blacky.

„Du kommst zu spät", sagte ihre Großmutter.

„Verschwindet von hier", herrschte sie die beiden an. „Das ist ein Tatort."

„Natürlich ist das ein Tatort", sagte Martha Grimm. „Deshalb sind wir ja da."

„Ich wollte dich anrufen", erklärte Blacky. „Aber du hast meinen Anruf weggedrückt. So hast du leider alles verpasst."

„Macht aber nichts", meinte Martha Grimm in gütigem Ton. „Wir haben ja schon einmal vorgearbeitet. Eigentlich ist sogar alles fix und fertig, und wir haben für die Mordkommission drei Fälle in einem Aufwasch erledigt. Sag, dass wir echte Profis sind."

„Ich versteh nur Bahnhof", sagte Kerstin Weiß verwirrt.

„Wir präsentieren dir zwei Mörder", sagte Blacky. „Einer davon ist ein Doppelmörder."

„Er hat meinen lieben Heinrich auf dem Gewissen", seufzte Martha Grimm. „Ein Sohn, der seinen eigenen Vater umgebracht hat. Erschütternd. Das Motiv ist eindeutig."

„Und er hat diese Schwedin vergiftet", ergänzte Blacky. „Die näheren Umstände musst du noch herausfinden. Ich glaube, sie sind kompliziert. Weshalb die Rumänin sterben musste, ist mir allerdings überhaupt noch nicht klar. Aber immerhin, ihr Mörder hat ja öffentlich schon gestanden."

„Mach dich an die Arbeit", befahl Martha Grimm. „Trödele nicht herum. Und denk daran, Freitagmorgen fährst du mich zum Flughafen. Ich habe hier alles erledigt, was zu erledigen war."

*

Der Beschuldigte war voll geständig und zu einer umfassenden Aussage bereit.

„Man muss wissen, wann man verloren hat", sagte Andreas Köhler. „Ich habe hoch gepokert, und es ist halt schiefgegangen. Pech."

Kriminaloberkommissarin Weiß zuckte mit den Schultern und schaltete das Aufnahmegerät ein.

„Was ist mit meinem Freund Martin?", fragte Andreas Köhler.

„Er ist tot. Einen Schuss in den Mund überlebt man kaum."

„Verdammter Idiot. Es hätte doch alles gut werden können."

„Gut?", sagte Kerstin Weiß. „Das ist eine eigenartige Sicht der Dinge. Der Richter Martin Krass hatte wohl eine andere Vorstellung von Recht und Ordnung. Aber fangen wir mit ihm an. Warum hat er Angela Gheorgiu erschossen?"

„Er hat einfach durchgedreht. Als er begriffen hatte, dass wir ihn eingewickelt hatten, ist er ihr hinterher und hat sie abgeknallt. Ich war ja nicht dabei. Er kam dann zurück, zitterte am ganzen Körper und sagte: ‚So, die wird nicht mehr reden'. Er hat da noch nicht gewusst, dass ich dem Türkenanwalt eine schriftliche Erklärung von Angela gegeben hatte, die sowieso alles enthielt. Und ein Codewort für den Fall der Fälle. Es war totale Scheiße, dass er sie umgelegt hat. Völlig unnötig. Er wär so oder so nicht aus der Nummer herausgekommen. Ich hatte ihn völlig in der Hand. Lange geplant. Is nun mal meine Stärke, lange vorauszuplanen. Aber das hat er an diesem Abend nicht begriffen. Er war wie von Sinnen. ‚So, jetzt sind wir quitt', hat er gesagt. ‚Alibi gegen Alibi'."

„Alibi?"

„Na, darum ging's doch. Wie konnte ich diese verdammte Lagerström aus der Welt schaffen, die nach Schweinfurt gekommen war, um mich wegen meines Deals mit den Chinesen zu erpressen?"

„Was für ein Deal?"

„Ich bin übergelaufen. Habe damit begonnen, die Schlitzaugen mit Firmeninterna zu versorgen. Sie zahlen gut. Selma hatte schon länger was spitzgekriegt, und dann wollte sie plötzlich auch ein Stück vom Reiskuchen. Ein ziemlich großes Stück. Ich habe mich geweigert, und bevor sie deswegen einen Wirbel veranstalten konnte, musste ich sie leider mundtot machen."

„Mit Zyankali?"

„Ja. Da hab ich schon lange einen Vorrat davon. Für alle Fälle. In meinem Job muss man immer auf alles Mögliche vorbereitet sein. Ich hab mich zu einem Glühwein mit ihr verabredet, als Schwedin konnte sie da nicht widerstehen. Aber dann wollte sie doch plötzlich Kaffee trinken. Egal. Hab ich ihr eben den Kaffee etwas versüßt. War ziemlich wirkungsvoll. Doch wäre ich natürlich irgendwann der Verdächtige gewesen und hätte den Kopf wohl kaum aus der Schlinge gekriegt. Es gab also nur eine Möglichkeit: ein wasserdichtes Alibi. Und wer ist besser geeignet, einem ein solches Alibi zu verschaffen, als ein ehrenwerter Richter, der in dieser Stadt als die Verkörperung des Gesetzes gilt? Wenn Martin Krass ausgesagt hätte, dass ich zu der in Frage kommenden Tatzeit mit ihm zusammen war, wäre das ein nicht zu erschütterndes Alibi gewesen. Ich musste ihn nur dazu bringen, das für mich zu tun. Und dafür habe ich nachdrücklich gesorgt. Sehr nachdrücklich. Die Nummer mit der rumänischen Nutte war schon großes Kino. Das hat ihn echt fertiggemacht. Insofern hätte es also das perfekte Verbrechen sein können. Wir hätten uns gegenseitig gedeckt, und ihr hättet uns nichts nachweisen können. Die Schweinfurter Kripo hätte noch zwei Mordfälle mehr auf der offenen Rechnung gehabt. Aber scheiße … nichts ist perfekt in dieser Welt. Wie konnte ich denn ahnen, dass mein Freund Martin, der stets das Muster an Beherrschung und Besonnenheit war, so durchdreht und aus dem Ruder läuft? Er mit seinem Gerechtigkeitsfimmel.

Und dann macht er sich auch noch vom Acker. Das ist doch kein Freund, oder?“

„Na ja“, sagte Kerstin Weiß. „Vielleicht doch. Aber kommen wir zu Ihrem Vater.“

„Wieso?“, fragte Andreas Köhler erstaunt. „Was ist mit meinem Vater? Ist ihm etwas passiert?“

35

Blacky fuhr an diesem Abend noch einmal nach Dittelbrunn. Es hatte aufgehört zu schneien, und der sternenklare Himmel kündigte eine frostige Nacht an.

Martha Grimm hatte sich auf dem Marktplatz mit einer großen Umarmung von ihm verabschiedet.

„Wenn ich jetzt weg bin, machst du auch mal Ermittlungspause", sagte sie. „Über Weihnachten wird's im kleinen Schweinfurt ja wohl beschaulich und friedlich zugehen. Und wir beide haben in letzter Zeit genug geleistet, oder?"

Sie strahlte ihn mit ihrem schönsten großmütterlichen Lächeln an.

„Das haben wir", bestätigte er. „Das haben wir wirklich."

„Nur eines wurmt mich. Ich werde nie erfahren, was Heinrich mir eigentlich sagen wollte. Warum musste er auf dem Weihnachtsmarkt vorsichtig sein? Hat er seinen Sohn damit gemeint? Und wenn ja, warum hat er am selben Abend dann mit ihm Wein getrunken?"

„Gute Frage", meinte Blacky. „Irgendetwas passt da nicht."

Als er an der Gartentür klingelte, kam ihm das unscheinbare Reihenhaus diesmal bedrohlich und unheimlich vor. Er hatte nachgedacht und gegrübelt, und er wusste nicht, was er tun sollte. Einen Moment lang hoffte er, dass sie nicht öffnen würde.

Doch dann stand Manuela Köhler unter der Haustür. Sie

trug diesmal ein enganliegendes schwarzes Kostüm, das so gar nicht zu einem Winterabend passen wollte.

„Willst du ausgehen?“, fragte Blacky verblüfft.

„Ich dachte mir, dass du kommen wirst“, gab sie zur Antwort.

„Und deshalb hast du dich so schick angezogen?“

„Na ja, es ist doch unser letzter Abend, oder?“

„Du weißt es natürlich schon?“

„Natürlich.“

Sie trat unter der Tür zur Seite und machte eine einladende Handbewegung. Er zögerte, dann folgte er ihr ins Haus. Im Wohnzimmer blieb sie mitten im Raum stehen. Sie sah ihn nicht an.

„Er durfte mich anrufen“, sagte sie. „Ich glaube, das ist so eine Art Recht, wenn man verhaftet wird.“

„Festgenommen“, antwortete Blacky. „Es lag ja noch kein Haftbefehl vor. Aber egal. Diesmal hat er also wirklich angerufen.“

Sie drehte sich zu ihm um.

„Was willst du damit sagen?“

„Ach, Manu. Du bist eine verdammt gute Schauspielerin. Aber so ganz hast du mich keinen Augenblick überzeugt. Es hat alles irgendwie nicht gestimmt.“

Sie schwieg. Sah ihn an. Dann griff sie nach ihrem Rücken und begann den Reißverschluss ihres Kostüms zu öffnen.

„Lass es“, sagte Blacky. „Das hat jetzt keinen Zweck mehr.“

„Keinen Zweck? Das klingt aber dramatisch. Was hast du denn vor?“

„Ich glaube, gar nichts. Vielleicht will ich einfach nur die Wahrheit wissen.“

„Die Wahrheit? Davon hat mein Vater auch immer gesprochen. Was soll das denn sein? Die Wahrheit?"

„Dein Vater war Kriminalbeamter. Es war sein Beruf, nach der Wahrheit zu suchen."

„Ach so. Und du? Du bist doch gar kein richtiger Detektiv", sagte sie spöttisch.

„Stimmt. Aber ich habe ein Faible für die Wahrheit. Ich muss immer wissen, wie es wirklich war."

„Und wie war es wirklich?"

„Sag du es mir."

„Wollen wir uns nicht setzen?"

„Ich werde nicht lange bleiben. Aber okay."

Sie ging zur Couch und ließ den Reißverschluss des Kostüms offen. Blacky setzte sich in den Sessel gegenüber.

„Abstand?", fragte sie. „Na gut. Also, was hältst du für die Wahrheit?"

„Willst du es mir nicht sagen?"

„Nö. Warum sollte ich?"

„Dein Mann hat dich gestern nicht angerufen", sagte Blacky. „Das mit der Entführung war eine Erfindung von dir. Du hast mir einen Bären aufgebunden, damit ich die Geschichte weiterverfolge. Und weil du mich in deiner Nähe haben wolltest."

„Hat sich doch gelohnt, oder? Wir hatten unseren Spaß. Wie früher."

„Ja, wie früher. Du warst schon damals ziemlich abgebrüht."

„Sonst noch was?"

„Zehn Millionen", sagte Blacky. „Damit wärt ihr natürlich alle eure Sorgen los gewesen."

Manuela Köhler zeigte keinerlei Reaktion. Sie saß auf der

Couch und sah geradeaus, als ob sie gebannt einen Film im Fernsehen anschauen würde.

„Ich glaubte tatsächlich, es sei dein Mann gewesen“, fuhr Blacky fort. „An dich habe ich keine Sekunde gedacht. Du warst sehr überzeugend, als ich dir sagte, dass Heinrich Sendner gestorben ist. Du warst insgesamt schon überzeugend. Aber eben nicht überzeugend genug.“

Sie wandte ihm den Blick zu und lächelte ihn an.

„Ach, Blacky, was erzählst du da für einen Quatsch?“

„Ich fürchte, du wirst nicht davonkommen. Vielleicht gibt es Fingerabdrücke und DNA-Spuren auf den Weingläsern. Und hast du ein Alibi? Nur dass du an dem Abend deinen Mann bei der Polizei als vermisst gemeldet hast, wird nicht ausreichen. Oder glaubst du am Ende, dein Mann wird die Schuld auf sich nehmen? Das wäre natürlich eine Möglichkeit.“

„Rennst du jetzt eigentlich gleich zu deiner Kriminaltussi und spielst dort das Superhirn?“

„Nein“, sagte Blacky. „Ausnahmsweise nicht.“

„Glaub ich dir nicht.“

„Hör zu. Ich werde den Dingen ihren Lauf lassen. Was soll ich auch andres tun. Aber ich werde nicht eingreifen. Wenn ich gleich die Tür hier hinter mir zumache, ist die Geschichte für mich abgeschlossen. Alles andere ist deine Sache. Vielleicht hast du ja Glück, und man ermittelt nicht wirklich gegen dich. Ist ’ne geringe Chance, aber es ist eine. Doch ich möchte halt immer wissen, wie es wirklich war.“

„So warst du früher aber nicht.“

„Ja, früher habe ich mich gern hinters Licht führen lassen. Vor allem von Frauen. Ich bin nur leider erwachsen geworden.“

Sie stand auf und stellte sich dicht neben ihn. Er begriff, dass sie diese Nähe jetzt brauchte.

„Daran gedacht habe ich öfter. Der alte Herr war ein Sturkopf, was sein Geld betraf. Er hat zwar Paula immer ein paar Euro zugesteckt, aber seinen Sohn hätte er am ausgestreckten Arm verhungern lassen. Seine Devise war: Du erbst erst dann, wenn ich im Jenseits bin. Aber das hat auf sich warten lassen. Wir sind finanziell am Ende. Als Nächstes wird das Haus weg sein. Es musste etwas geschehen."

„Du wolltest dich doch von deinem Mann trennen."

„Ja. Wollte ich. Doch vorgestern abend, als er nicht nach Hause gekommen ist und ich ihn nicht erreichen konnte – da habe ich plötzlich gespürt, wie wichtig mir unsere Familie, unser Zuhause, ist. Paula hat geschlafen, und da bin ich einfach losgefahren. Der alte Herr war etwas angeheitert, vielleicht hat er mich deshalb in sein Appartement gelassen. Ich habe ihn um Geld gebeten, aber er hat, wie erwartet, rundheraus abgelehnt. Er war eine mickrige Bürokratenseele. Ich habe ihm ein starkes Beruhigungsmittel in den Wein getan …"

„Das heißt, du hattest es geplant …"

„Ja, verdammt noch mal! Ich hatte das Zeug dabei. Dann habe ich so getan, als ob ich gegangen wäre, habe mich aber im Flur hinter der Garderobe versteckt. Er war so benommen, dass er das nicht mitgekriegt hat. Immerhin hat er's noch bis ins Bett geschafft, und als er geschlafen hat, habe ich ein Kissen genommen. Es war ganz einfach."

„Ja", sagte Blacky und erhob sich. „Ganz einfach. Da machen wir uns alle eine falsche Vorstellung davon. Es ist oft ganz einfach, einen Menschen zu töten. Aber ich glaube, es ist nicht einfach, damit zu leben. Mach's gut. Ich finde den Weg hinaus allein."

Er sah sie nicht mehr an, und sie ließ ihn ohne Abschied gehen.

*

Draußen war es empfindlich kalt geworden. Blacky stieg in die Barchetta und fuhr sehr langsam zurück nach Schweinfurt. Als er die Stadt erreicht hatte, war ihm, als sei die Vergangenheit jetzt endgültig vergangen. Die Zukunft allerdings lag jenseits der Winternacht. Immerhin leuchteten die Sterne. Morgen würde er bei Olaf Röder energisch durchsetzen, dass der Moderationsplan für die Weihnachtsfeiertage geändert wurde. Das würde nicht leicht werden. Aber er wollte unbedingt in die Berge. Und er hoffte, dass Kerstin das dann auch noch wollte.

Auf dem Weg durch die verschneiten Gassen des Zürch piepte sein Handy. Vor der Haustür in der Frauengasse blieb er stehen. Eine SMS von Lothar. *Mit meinem Krimi geht es nicht voran. In Irland ist es trostlos. Ich komme über Weihnachten nach Schweinfurt. Dann feiern wir zusammen und trinken auf unsere Freundschaft.*

Schweinfurter Kriminalromane

Band 1: **Kindertotenlieder** – *Blacky tritt auf*
Broschur · ISBN 978-3-947846-01-6

Band 2: **Karfreitagszauber** – *Blacky macht weiter*
Broschur · ISBN 978-3-947846-02-3

Band 3: **Walpurgisnacht** – *Blacky klärt auf*
Broschur · ISBN 978-3-947846-03-0

Band 4: **Sommernachtstraum** – *Blacky spielt mit*
Broschur · ISBN 978-3-947846-04-7

Band 5: **Totengräberspuk** – *Blacky sieht Gespenster*
Broschur · ISBN 978-3-947846-05-4

Band 6: **Herbstzeitlosen** – *Blacky blickt durch*
Broschur · ISBN 978-3-947846-06-1

Band 7: **Schlachtschüsselblut** – *Blacky wird verfolgt*
Broschur · ISBN 978-3-947846-07-8

Band 8: **Glühweingift** – *Blacky und die Vergangenheit*
Broschur · ISBN 978-3-947846-08-5

Lothar Reichel
Glühweingift

Gestaltet von Peter Hellmund
Lektoriert von Monika Thaller
Gesetzt von Büro 71a – Neitzel und Klose GbR
Gedruckt und gebunden von CPI – Clausen & Bosse, Leck

Erste Auflage 2018
ISBN 978-3-947846-08-5

www.schweinfurt-krimi.de